身代わり伯爵の挑戦

清家未森

14953

角川ビーンズ文庫

身代わり伯爵の挑戦

CONTENTS

リヒャルト
フレッドの親友かつ副官の青年。真面目で有能なくせに、天然故に、サラリと殺し文句を言い、ミレーユを動揺させる事も。
ランスロット
甘いマスクと義賊的なおこないで、庶民には英雄的な存在。謎が多く、匂いで性別を判定できるほどの女好きな面も…!?
フレッド
ミレーユの双子の兄で、妹至上主義。私的親衛隊「白薔薇乙女の会」が存在するほどの人気者。相手を茶化して人を怒らせる事が得意。
セシリア
アルテマリス王女。フレッドが好きなのに、ツンデレ体質のため、暴走しがち。暴れることも得意だが、手芸の腕もピカ一。

身代わり伯爵の挑戦 CHARACTERS

ミレーユ

元気で短気で貧乳なパン屋の看板娘。奔放な兄の身代わりとして、登城するはめに。腕力はあるが、恋愛レベルは初心者級。

ジーク

ジークと称して王宮をふらふらしているが、アルテマリス王国の第一王子。ミレーユを後宮へ入れる事が夢。

ヴィルフリート

アルテマリスの第二王子。フレッドとは共通の趣味&思考を持つ好敵手。暴走しがちで、着ぐるみを脱ぐと美少年。

本文イラスト／ねぎしきょうこ

序章　晩夏の日記

今日はわたくしにとって特別な日になった。

だって、もう一人のわたくしが現れたのですもの。


教えてくれたゼルフィード子爵《ししゃく》は、あとでラドフォード卿《きょう》に胸倉《むなぐら》をつかまれていた。

あれは俗《ぞく》に言う「シメられていた」ということなのかしら。

子爵には悪いことをしてしまったわ。彼が夢うつつなのを見計らって問い詰《つ》めたのはわたくしだもの。彼にはあとでお詫《わ》びに猫《ねこ》の玩具《おもちゃ》でも届けさせることにしよう。

そもそも子爵が言わなくても、何かあったことくらい察しがつくわ。

最近のラドフォード卿は、とても怖《こわ》い顔をしているもの。

本当に顔に出やすい人。本人はそのつもりはないようだけれど、わたくしにはわかる。

彼はわたくしに絶対嘘《うそ》をつかない代わりに、本当のことは隠《かく》そうとする。

侮《あなど》られたものだわ。わたくしがそれくらいで落ち込むとでも思ったのかしら？

だいたい、黙《だま》っていてもいつかはわかることなのに。もう一人のわたくしは、もうすぐこの王宮にやってくるのよ。そうすればいやでも耳に入ってくるわ。あの人、それがわかっていないのかしら。

いえ、わかっていても、わたくしには教えたくなかったのね。あの人はそういう人だわ。

本当に優《やさ》しい、けれどとてもずるい人。そうやっていつもわたくしを甘やかすのだから。いくつになっても、昔と同じように。

「何があっても信じていてください」なんて言って帰っていったけれど、まったく今さらの言い草ね。あの人を信じなかったことなど、出会ってから一度もないというのに。

けれど、それとこれとは話は別よ。わたくしにはもう一人のわたくしが何者なのか確かめる義務があるわ。

知られたらお説教は免《まぬが》れない。こっそり秘密でやらなければ。

彼に知られないようにやるにはどうしたらいいかしら。協力者が必要だけれど、手ごろな人材が

ああ、驚《おどろ》いた！　いきなり伯爵《はくしゃく》が訪ねてくるのだもの。

慌《あわ》てて隠したせいで紙がぐちゃぐちゃになってしまったわ。何を書こうとしていたのかも忘れてしまったじゃないの。

でもいいわ。四日ぶりに伯爵の顔を見ることができたのですもの。

ひょっとして、わたくしのことを気にして会いに来てくださったのかしら？

近頃《ちかごろ》の伯爵はますます素敵《すてき》になったと、しみじみ思うわ。髪《かみ》が伸《の》びて、なんだか大人《おとな》っぽくなったみたい。

彼はもうすぐ十七歳ですものね。また差がついてしまうのは悔《くや》しいけれど、日々美しくなっていく様子を見るとやっぱり胸がときめいてしまう。目の保養ってきっとこういうことをいうのね。

ああ、でもおかげで、今年の聖誕祭は「抜《ぬ》け駆《が》け禁止」と白薔薇《ばら》乙女《おとめ》の会では決まってしまったのだった。なんでも伯爵邸《てい》では、これまでに贈《おく》られた聖誕祭のショールで部屋が四つも埋《う》まってしまって、これ以上は負担になるからとそう決まったらしいわ。

さすがは伯爵ね。ラドフォード卿も見習ったらいいのにとつくづく思うわ。

そういえば、二人でサンジェルヴェに行くと言っていたけれど、何をしに行くのかしら。

伯爵はサンジェルヴェ出身だし、これまでもよく行っていたけれど、ラドフォード卿も今年に入ってよく行っているみたい。

いったい、何をしに行っているのかしら。

サンジェルヴェに、わたくしが知らない何かがあるというのかしら？

第一章　失意の季節

「そんな……」

蒼《あお》ざめてつぶやくと、ミレーユは床《ゆか》にへたりこんだ。

サンジェルヴェの商業地区、シジスモン五番街区にある老舗《しにせ》パン屋『オールセン』。

この日、急遽《きゆうきよ》店を休んでまで行われた『勝負』を見届けようと狭《せま》い店内には総勢二十人ほどがひしめいていた。そのほとんどが近所に住む少年少女で、ミレーユの幼なじみたちだ。

その中心にいるのは、勝ち誇《ほこ》った顔をしてミレーユを見下ろす、今日の主役のひとりであるロイ。そして『オールセン』の店主であり、ミレーユの祖父であるダニエルだった。

「最初に約束したね。私が認めた者を後継《あとつ》ぎにすると。――店はロイに継がせる」

穏《おだ》やかに告げる祖父をミレーユは呆然《ぼうぜん》と見上げた。

「おまえも職人の娘《むすめ》だ。いさぎよく負けを認めなさい」

「…………」

確かに最初に約束した。それは間違《まちが》いない。

だがあの時は、まさか自分が負けるだなんて微塵《みじん》も考えていなかったのだ。

祖父と母とで切り盛りする小さなパン屋。後を継ぐのは自他共に認める看板娘の自分しかいない。それは当然のことだと思っていた。——ある日突然《とつぜん》、ロイに宣戦布告されるまでは。

彼は近所に住むひとつ年上の幼なじみで、親同士も親しかったため昔からよく店に入り浸《びた》っていた。職人である祖父に懐《なつ》き、尊敬していたらしいことも知っている。

だがミレーユは彼のことが嫌《きら》いだった。父親がいない家庭で育ったことをしょっちゅうからかう、とても嫌《いや》なやつだったからだ。そのたびに精魂《せいこん》込めて泣かせてやったが、どんなに殴《なぐ》られても川に落とされてもめげずに翌日にはまた絡《から》んでくるという、筋金入りの執念《しゅうねん》深い男だった。

だから、彼が初等学校を卒業してパン職人になるための修業に出たときはほっとしたものだ。修業先が大陸でも一、二を争う食の都がある隣国《りんごく》シアランだと聞いて「生意気な」とは思ったが、これでもうつきまとわれて嫌な思いをしなくても済むと思うと心底嬉《うれ》しかった。

ところがである。今年になっていきなり戻《もど》ってきた彼は、なんと『オールセン』の後継ぎの座をかけてミレーユに勝負を申し込んだのだ。

「おまえが後を継いだら、この店はそう遠くないうちにつぶれる。シアランで修業してきた俺様が代わりに継いでやるから、おまえはすっこんでろ。それが嫌ならかかってこいよ」

といったようなことを宣言されたのである。

もちろん、ここまで言われて大人しく引っ込むわけがない。祖父と母がつましく経営してきた店をあんな男に渡《わた》してたまるものか。

絶対に勝って、あの男の鼻をへし折ってやる。その一心でこの日まで特訓を重ね、準備にいそしんできたのだが——。

信じられないことに、鼻をへし折られたのは自分のほうだった。

双方《そうほう》が作ったパンを試食した街の人々は全員がロイのほうに票を入れている。ミレーユには一票も入っていない。

（なんで……？　こんなの変よ、絶対におかしい）

これまで、店を国一番にするため数々の傑作《けっさく》を生み出してはご近所に試作品を配って回った。多少憂鬱《ゆううつ》そうな顔はされても、酷評《こくひょう》されたことなどなかったのに。

それに母にはいつも呆《あき》れられていたが、祖父から厳しいことを言われたことはない。ミレーユが新作の開発に励《はげ》むのをいつも温かく見守ってくれていたのに。

わけがわからず思考がぐるぐるし始めたとき、ダニエルが静かに切り出した。

「おまえは一生懸命《けんめい》やっていたし、ひょっとしたら何とかなるかと思っていろいろ指導してみたがね……」

「え……？」

ふう、と深いため息をついて、ダニエルはきっぱりと言った。

「酷なことを言うようだが、おまえにはパン作りの才能はないようだ」

ミレーユは目を見開き、祖父を凝視《ぎょうし》した。

（……今なんて言ったの、おじいちゃんてば）

あまりのショックで耳がおかしくなってしまったのか。しん、と店内が静まりかえる。気まずそうに顔を見合わせる幼なじみたちを見て、ミレーユの頭にまさかという思いがわきおこった。

「あの……、もしかして、あたしの作るパンって、まずいの……？」

彼らはもう一度顔を見合わせると、全員真顔でうなずいた。

「うん。超絶まずい」

あっさり断言され、ミレーユはあんぐりと口を開けた。

確かに、ごくたまに出来が悪いなと思うこともあったが、よもやそこまでまずかったとは。はりきって作ってはご近所に配りまくってきた過去を思い出し、ますます血の気がひく。

(じゃあ皆《みんな》、我慢《がまん》して食べてくれてたってわけ？　そんなことも知らずに、あたし、ひとりで浮《う》かれて……)

祖父は「才能がない」なんて冗談《じょうだん》で言うような人ではない。

そして一番の問題は、自分にその自覚がないということではないだろうか。自分の作ったパンをまずいと思ったことがミレーユにはないのだ。

(あたし……ひょっとして舌の感覚がおかしいの……？)

致命的《ちめいてき》な欠点にようやく気づいてミレーユは愕然《がくぜん》とした。パンを作れないパン屋の娘に果たしてどれだけの価値があるというのだろう。いつ何時この家を追い出されても文句は言えない。

「ちょっと、父さん……」

蒼ざめて黙《だま》り込む娘がさすがに不憫《ふびん》になり、ジュリアが口を開こうとする。しかしダニエルの表情は変わらなかった。

「はっきり言ってやったほうが、本人のためだよ」

「そりゃそうだけど……」

これまで必要以上の熱意をそそいでいたのを見てきただけに、それを急にへし折ってしまうのは躊躇《ためら》われる。

うわずった咳払《せきばら》いをくりかえしながら、ロイがミレーユに近づいた。

「ま、そんなに落ち込むなよ。俺は別におまえを追い出したいわけじゃないんだ。ここはおまえの家だし」

「…………」

「どうしてもっていうなら俺がパン作りを教えてやってもいいし。店を継ぐのは俺だけど、おまえはこの家の娘だし……」

ロイの頬《ほお》が少し赤くなる。思いついたように周囲から声があがった。

「そうだ、ロイが婿養子《むこようし》になれば丸く収まるじゃん」

「う、うるせえぞ、フランツ！　俺はそんなつもりで言ってんじゃ……」

「満更《まんざら》でもなさそうね」

「おまえらも、うるさい！」

冷やかすようにささやきあう少女たちに、なおも赤くなってロイが怒鳴《どな》る。それから怒《おこ》ったような顔をして続けた。

「だから、その……、おまえがどうしてもって言うなら、俺が一緒《いっしょ》に店をやってやっても——」

「ただいまあー！」

能天気な声とともに店の扉《とびら》が勢いよく開いた。

下町には不似合いな、身奇麗《みぎれい》な少年が入ってくる。青い羽根帽子《ぼうし》をとって笑顔《えがお》をふりまいた彼に少女たちの間から黄色い声があがった。

「きゃああ、フレッド！」

「久しぶり～！」

群がる少女たちにフレッドはにこやかに応じた。

「やあ、久しぶり。リーズもソフィーもアニスもナディアもカロリーヌもアデールも、みんな元気だった？」

きゃあきゃあと騒《さわ》ぎ立てる少女たちとはうらはらに、少年らはしらけた顔になってそれを見守った。今さら文句を言う気にもなれないほど見慣れた光景なのである。

「ああ、おかえり、フレッド」

ダニエルは微笑《ほほえ》んで孫を出迎《でむか》え、彼の後ろから入ってきた長身の青年へと視線をうつした。

「リヒャルトさんも、いらっしゃい」

「どうも……、ごぶさたしています」

帽子をとって会釈《えしゃく》したのはリヒャルトだった。店内の熱気に圧倒《あっとう》されたようだったが、ダニエルとジュリアには礼儀《れいぎ》正《ただ》しく挨拶《あいさつ》するのを忘れない。

「——誰？」

「さあ……」

見慣れない若者の登場に少年たちはひそひそとささやきあった。外套《がいとう》で隠《かく》れてはいるものの帯剣《たいけん》しているのは明らかだし、およそ下町のパン屋を訪ねてきそうにない階級の人間だ。

「……で、今日は一体、なんの騒ぎ？　まだお祭りの季節じゃないよね」

ようやく店内の異様な熱気と人数に気づいて、フレッドが不思議そうに見回す。少女たちが我先にと説明役を買って出た。

「ミレーユとロイが跡取《あとと》りの座をかけて勝負したのよ。どっちがパン屋の主《あるじ》にふさわしいか、腕《うで》を競《きそ》って」

「そしたらミレーユ、あっさり負けちゃってね」

「ロイがミレーユに求婚《きゅうこん》しようとしたんだけど、ミレーユはそれどころじゃないっていうか」

「求婚？」

フレッドは頓狂《とんきょう》な声をあげ、リヒャルトも驚《おどろ》いたように目を見開いた。そろって視線を下方に向けると、ミレーユが床《ゆか》にへたりこんでうなだれている。

「う、うるせーな、別に好きでやってるわけじゃねーよ。こんながさつな女、もらってくれるやつなんかいないと思って、仕方なく……」

言い訳がましく声をはりあげるロイに、フレッドは憤然《ふんぜん》と向き直った。

「困るなあ勝手にそんなことされちゃあ。交際を申し込むなら、まず兄であるぼくを通してもらわないと。物事には順序ってものがあるだろう、……ええっと」

「……ロイだ」

「ああそうそう、ロイ。きみがどれだけミレーユを思っているかは知らないけど、このぼくより勝《まさ》る強い想《おも》いを証明してくれないと、妹との交際は認めないよ。だからつまり……、ええと」

「ロイだっつってんだろ」

「そう、ロイ。まずはミレーユへの想いをつづった詩集を提出してもらおうか。ぼくが採点して、合格であればまずお友達からだ。でも不合格ならミレーユのことは諦《あきら》めてもらう。いいね、……えーと」

一向に名前を覚える気のないフレッドに、ロイはとうとうぶちぎれた。

「てめっ、いい加減にしろよ！　女の名前は一発で覚えるくせに、男の名前は一瞬《いっしゅん》で流しやがって！」

「それは誤解だよ。ぼくはただぼくのことを称賛《しょうさん》してくれる人の想いに応《こた》えているだけで、特別女の子を贔屓《ひいき》しているわけじゃない。ぼくを褒《ほ》め称《たた》えてくれるのなら、老若男女《ろうにゃくなんにょ》問わずだれであっても受け入れるんだから。調子のいい女たらしみたいな言い方はよしてくれ」

「うるせーんだよ！　てめーはガキの頃《ころ》からちっとも変わってねえな！」

いきりたつロイを押しのけるように、ジュリアが訊《たず》ねる。

「フレッド、あんたも急にどうしたの。またミレーユを迎《むか》えにきたの？」

「まあね。もうすぐぼくらの誕生日だろ。グリンヒルデで一緒にお祝いしようと思ってさ」

「いいんじゃないかい。ミレーユも気分転換《てんかん》になるだろうし」

ダニエルが穏《おだ》やかに口をはさむ。ジュリアはため息まじりにうなずいた。

「でも、立ち直れそうにないわよ。というよりまず、立ち上がれそうにないわね」

「それは大丈夫《だいじょうぶ》だよ。リヒャルトが運んでくれるから」

「あ……、ああ」

言われるまま、リヒャルトは座り込んでいるミレーユの前に膝《ひざ》をついた。

鬱々《うつうつ》と膝を抱《かか》えてこれからの身の処し方を考えていたミレーユは、気配に気づいて顔をあげた。なぜ目の前にリヒャルトがいるのか、そんなことを不思議に思う余裕《よゆう》もなかった。

「……ごめんね、リヒャルト……」

え？　とリヒャルトは目を見開く。久しぶりに見る彼の顔が懐《なつ》かしくてほっとしたような、それでいて申し訳なさも急激にこみあげてきて、ミレーユはつい涙《なみだ》ぐんだ。

「あたし、気づかなくて……。あなたにまずいパンをいっぱい押し付けちゃって……」

思えば前回アルテマリスへ行ったとき、白百合騎士《きし》団の皆はパンを食べて号泣していた。まさか自分のせいとは夢にも思わなかったから不思議でしょうがなかったが、今ならその理由がわかる。そして、彼らが残したパンを全部引き受けてくれたのはリヒャルトだった。

「まずいなんて、思ってないですよ」

「でも……、あたし、一票も入らなかった……」

「そんなに泣かないで。俺は好きですから」

優《やさ》しくなぐさめられ、ミレーユはますます涙腺《るいせん》がゆるむのを感じた。やっぱり彼はいい人だ。

そんないい人に大量のまずいパンを毎日押し付けていた自分は悪魔《あくま》のような女なのだ。

泣きぬれるミレーユに、抱えますよと断ってから、リヒャルトは彼女を抱《だ》き上げる。

成り行きを唖然《あぜん》として見守っていたロイがようやく我に返ったように声をあげた。

「ちょっと待てよ！」

踵《きびす》を返そうとしていたリヒャルトがふりかえる。

「何か？」

「何って……、おまえ、ミレーユの何なんだよ？」

見知らぬ少年におまえ呼ばわりされても、リヒャルトの表情はぴくりとも変わらなかった。

「護衛役ですが」

「ご……護衛役って」

「では、失礼します」

彼はダニエルとジュリアに向かって生真面目《きまじめ》に会釈すると、開いたままの入り口をくぐって出ていった。

「ちょ……待てって！　話はまだ終わってな——」

気圧《けお》されてぽかんとしていたロイが急いで後を追おうとする。フレッドはすかさずその肩《かた》を引き止めた。

「きみも男なら察してくれ。わかるだろ？　ミレーユは予約済みなんだ」

「――は⁉　予約……」

「それじゃママ、おじいちゃん。例の件、よろしくね！」

来た時と同じように、フレッドは笑顔《えがお》をふりまいて颯爽《さっそう》と出ていった。

「ジュリアねえさん。あの男、なに？」

閉まった扉を見やり、不機嫌《ふきげん》な顔でロイが問う。ジュリアは軽く肩をすくめて答えた。

「フレッドの友達よ」

「ミレーユとなんか関係あんの？　予約ってなんだよ」

「さあ……。恋人《こいびと》なんじゃない？」

よく知らないけど、と付け足す前に、ロイは立ちくらみを起こして後退《あとじさ》った。

「ミレーユに恋人⁉　ありえねえ！」

「うそだろ……」

「あの暴力女に……。天変地異の前ぶれじゃないか」

痛い目に遭《あ》わされた過去を持つ少年たちは一様に信じられないという顔をしたが、ロイが絶句して立ち尽《つ》くしているのを見て顔を見合わせた。

ジュリアがやれやれといったようにロイを見やる。

「あの子はまだ子どもなんだから、余裕のある大人《おとな》の男に弱いのよ。それなのに勝負挑《いど》んで真っ向からぶつかるようなことしてどうすんの。攻略《こうりゃく》の方法を間違《まち》ってるのよ」

「そんな……」

知ってたんなら教えてくれよ……とロイは心底思ったが、今さら嘆《なげ》いたところでどうにもならない。

「あんまりいじめ過ぎるから嫌《きら》われんのよ。もういいかげん諦めなさい」

「…………」

——今度はロイがうちひしがれる番だった。


アルテマリス王国では、十月の末日を聖誕祭として定め、国中で祝うことになっている。

その聖誕祭を一月後に控《ひか》え、ベルンハルト公爵《こうしゃく》家別邸《べってい》は浮《う》き足立っていた。しかし理由は聖誕祭ではない。その日が公爵の子どもたちの十七回目の誕生日だからである。

この日も朝から、公爵は張り切って企画《きかく》会議を開いていた。

「ねえフレッド、招待客は本当にこれだけでいいのかい。もっと大々的に呼びかけて、国中からきみの友達を呼んでもいいんだよ」

つき合わされていたフレッドは、ぶどう酒の注《つ》がれた杯《さかずき》をもてあそびながら答える。

「いいよ、そんなに大げさにしなくても。ぼくは地味なのが好きなんだ」

「そ、そうだったのかい？　困ったな、きみたちのために盛大な宴《うたげ》を計画していたのに」

企画書を手にしてしょんぼりする父に、フレッドは一応訊《き》いてみた。

「たとえば？」

「うん。宴は三日間。毎晩三百発の花火乱れ咲《ざ》きでしめようと思っているんだけど」

「花火はまずいよ。ご近所に迷惑《めいわく》がかかるし」

「で、でも、調書によると、ミレーユは花火が好きだって」

「ここはグリンヒルデだよ。モーリッツ城みたいに広くないんだから、そのへん考えないと」

「そうか……」

エドゥアルトはがっかりして書類をめくった。この別邸は公爵の持ち物だが、今の主《あるじ》はフレッドである。彼の意見を尊重するべきだろう。

「──ねえ、フレッド。ミレーユはもう七日も部屋に閉じこもっているけど、大丈夫だろうか。医者や祈禱《きとう》師なんかを呼んでみたほうがいいんじゃないかい？」

思いつめた顔で隣《となり》に腰《こし》をおろすエドゥアルトに、フレッドは顔を向ける。

「祈禱師なんて呼んでどうするのさ」

「だって、サンジェルヴェを出てからもう二週間近くになるのにずっとあんな調子だろう？　ミレーユが元気になるように神に祈《いの》ってもらったりしたほうが──」

「心配しなくてもそのうち復活するって。立ち直りの早いところがあの子の長所なんだよ。明日あたり、けろっとして部屋から出てくるって」

「そのせりふは八日前から毎日聞いているけれどね、まったくそんな素振《そぶ》りがないじゃないか。やっぱり、ミレーユを元気にするためには派手な演出をして盛り上げたほうがいいんじゃないかい？　きみたちの誕生日を祝うためなら私はへそくりを全部はたいても構わないんだよ」

涙目の父の訴《うった》えを聞き流しながら、フレッドは、ふむ、と考えこんだ。

父が心配するのもわかるが、そんなことよりもっと心配なことが彼にはあった。

妹は単純明快な性格なので、ひとたび落ち込んでもすぐまた浮上《ふじょう》する。問題があるとすれば、こちらが考えるより斜《なな》め上の方向に向かって浮上してしまうかもしれないということだ。そしてその可能性は認めたくはないがかなり大きい。

「リヒャルトがいればなあ……。ミレーユが血迷っても止めてくれると思うんだけど」

思わずもれたつぶやきに、エドゥアルトが鋭《するど》く反応した。不満そうに探《さぐ》りをいれてくる。

「前々から気になっていたんだけれど、あのふたりは一体どの程度のつきあいなんだい？」

「手紙では何度かやりとりしてたみたいだね。それもどうでもいい近況《きんきょう》報告。泣けてくるほど清い関係だから、心配しなくて大丈夫《だいじょうぶ》だよ」

「なんだって!?　父である私の了解《りょうかい》もなく文通するとはっ、リヒャルトめ、ゆるさん!!」

「まあまあ。彼は今大変な時なんだから、あんまりいじめちゃ駄目《だめ》だよ」

いきりたつ父をなだめ、フレッドはさりげなく話を戻《もど》した。

「へそくりの話はありがたいけどさ、何事も贅沢《ぜいたく》にすればいいってものじゃないよ。ミレーユが望んでるのは、もっと別のことだと思うけどな」

「えっ。それは何だい」

すがりつくエドゥアルトに、フレッドは肩をすくめる。

「言わない。言ったらお父上は泣くだろうから」

「そんな。泣いたりなんかしないから、言ってごらん」

「家族全員で過ごすこと」

ためらったわりにフレッドはずばり言った。エドゥアルトは口をまん丸に開けて呆《ほう》けたが、案の定みるみる瞳《ひとみ》をうるませた。

「ああ……そんなささやかな幸せさえ私は与《あた》えてあげられない……。なんと不甲斐《ふがい》ない父親なんだろう」

「ああもう、だから言いたくなかったんだ。ほら、泣かないで。ぼくが悪かったよ」

息子《むすこ》になぐさめられ、エドゥアルトは洟《はな》をすすりながらうなずいた。

「フレッド、私は今回の誕生会に命をかけている。全身全霊《ぜんれい》をこめて計画するつもりだ。だからいいね、私が誕生日のお祝い計画を練っていることは、ミレーユには絶対に秘密――」

「あたしがどうかした？」

怪訝《けげん》そうな声が割り込み、ふたりは扉を振《ふ》り返った。そして目を丸くした。

いやに派手派手しいドレスを着たミレーユが立ちはだかっている。口紅も頬紅《ほおべに》もこれでもかと塗《ぬ》りたくり、指という指に指輪をはめ、頭には鳥の羽やら季節外《はず》れの夏の花などがこんもり盛られ、極《きわ》めつけにマントのように巻きつけた冬用のカーテンをずるずると引きずっている。

「………どうしたの、そんな奇妙《きみよう》な恰好《かつこう》して」

いったい何の仮装かと、歴史上の奇人変人をひとりずつ思い返しながら訊《たず》ねるフレッドに、ミレーユは静かに答えた。

「気合いを入れてるの」

「……何のために？」

「自分を奮《ふる》い立たせるためよ」

その表情からして、ロイとの勝負に敗《やぶ》れたショックからは立ち直ったらしい。しかし派手な化粧《けしよう》と身なりのおかげではなさそうだ。

「あたしね、慢心《まんしん》していたんだって気づいたの」

神妙《しんみよう》な顔でミレーユは切り出した。

「自分には才能があると信じ込んでいたのよ。だから周りの声や反応が聞こえてなかったの。殺人兵器なんて言いやがって、あのくされ筋肉ども顔を洗って出直して来い——なんて思ったこともあったわ。だけど、顔を洗って出直さなきゃいけなかったのはあたしのほうだった。まずいものをまずいと言ってくれる人がいるのはありがたいことなんだって、今ごろわかったの。なのに、いつか絶対抹殺《まつさつ》してやるなんて考えてて、ほんとに申し訳ないわ。グリンヒルデに来るまでずっとそのことばかり考えてたの」

「きみはなんだかんだで彼らが大好きなんだね……。で、もうパン屋のことは整理がついたの？」

　ミレーユは目を伏《ふ》せ、うなずいた。

「ええ……。あたしも職人の端《はし》くれよ。男らしく負けを認めるわ」

「ミレーユ、忘れてるようだけど、きみは女の子だよ」

　エドゥアルトがおろおろと口をはさんだが、ミレーユは思いつめたように続けた。

「もうパンは作らない。封印《ふういん》する」

　フレッドは意外そうに、ふうん、とうなった。

「てっきりロイに対抗《たいこう》して修業に出るとか言い出すと思ってたよ。負けず嫌《ぎら》いのきみが、めずらしいね」

「負けは負けよ。いさぎよくそれは受け入れるわ。今日までめそめそして気も済んだし、これ以上落ち込んでたら男がすたるもの」

「だ、だからきみは女の子だって――」

「それで、その恰好と気合いを入れることとどう繋《つな》がりが？」

　ミレーユは深刻な顔でうなずいた。

「あたしのパンを食べさせられちゃった人たちに、今からお詫《わ》び行脚《あんぎゃ》に行こうと思うの。恥《は》ずかしいし、いたたまれないけど、やっぱり迷惑かけたからには謝らなきゃと思って。でもちょっと勇気が出ないから、外見だけでも勢いをつけてみようかなって」

「つまりその恰好で王宮に乗り込もうとしてたわけだ……」

あらためて妹を上から下まで眺《なが》めやり、フレッドはつぶやく。出て行く前に気づいてよかったと、心の底から思った。

「おもしろそうだからぼくも行くよ。ほら、部屋に戻ろう。これ以上そんなきみを見ているのは耐《た》えられない」

身支度一式を整えなおすため、フレッドはミレーユの手を引いて自室に向かった。

——その背後で、見事に復活した娘《むすめ》の勇姿に感極まったエドゥアルトが涙《なみだ》にむせんでいたのは言うまでもない。

遠い昔。

のちに初代国王となるルートヴィッヒ一世が建国の戦いに出たおり、森の中でひとりの乙女《おとめ》と出会った。

乙女は薔薇《ばら》の咲《さ》き乱《みだ》れる屋敷《やしき》に住んでいて、薔薇の花から糸をつむいで暮らしていた。そして彼の金髪《きんぱつ》と同じ黄色の薔薇からつむいだ糸でショールを編《あ》み、戦勝を祈ってルートヴィッヒに捧《ささ》げた。

その後の戦いで彼は不運にも敵方の矢を受けて斃《たお》れたが、乙女がそのショールを亡骸《なきがら》にかけてそっと口づけをすると、息を吹《ふ》き返したという。

そのため味方の士気は急上昇《じょうしょう》し、見事、敵を討ち破って無事にアルテマリスを建国するに至った。ルートヴィッヒは乙女を王妃《おうひ》として迎《むか》え、この世に舞《ま》い戻ったことを祝ってその日を国の祝日にさだめた。

それが聖誕祭のはじまりである。

「一説によると、かの乙女は薔薇の精だったとも言われています。それで初代国王陛下は薔薇の花を尊び、国花としてさだめられたそうですわ」

うっとりとして語ったリディエンヌは、楽しげに微笑《ほほえ》みかけた。

「ねえミレーユさま。素敵《すてき》なお話だと思いませんこと？」

「あ……、はい。素敵ですね、とっても」

ミレーユは慌《あわ》ててうなずいた。聞いていなかったわけではないが、リディエンヌがあまりにもうきうきと楽しそうなので、ちょっと雰囲気《ふんいき》にのまれていたのだ。

白百合騎士《きし》団の面々に詫びを入れるため登城したはずのミレーユは、なぜか王太子の婚約者《こんやく》であるリディエンヌの宮殿《きゅうでん》で彼女とふたりきりでお茶を飲んでいた。

フレッド曰《いわ》く、ミレーユがグリンヒルデに来て以降、毎日のようにお誘《さそ》いの手紙が舞い込んでいたらしい。同郷のミレーユと過ごせば王宮での心細い思いもいくらかまぎれるだろうと言われ、さすがに放っておけず真っ先に訪ねることになったのだ。

「それでね、ミレーユさま。その故事にならって、聖誕祭の日に手編みのショールを殿方《とのがた》に贈《おく》るようになったのですって。殿方の武運と息災《そくさい》を祈《いの》る、いわば縁起《えんぎ》物ですわね。お相手の髪《かみ》の色と同じ色の毛糸で編むと、よりいっそう絆《きずな》が深まるそうですわ」

「へえ……」

「殿方からは、お相手の女性の瞳と同じ色をしたものを贈るのですけれど、そちらは何でもいいそうですわ。そして贈り物を交換《こうかん》したあとで口づけをかわしたら、ふたりの愛は永遠に続くのですって。素敵でしょう？」

「はあ……、素敵です」

彼女の手元にはきれいな黄色の毛糸玉と、編みかけのショールらしきものがある。こんなに美人で可憐《かれん》な人が本当にあの王太子と永遠の愛を誓《ちか》うつもりなのかと、ミレーユは腑《ふ》に落ちない気分で見つめた。なにしろこの国の王太子ときたら、即位《そくい》したらまずハーレムを作ると本気で夢見ているどうしようもない女好きなのだ。

すると、口数が少ないことを誤解したのか、リディエンヌはふと表情をくもらせた。

「――ご実家での跡目《あとめ》相続の件はうかがっています。どうか元気を出してくださいませね」

「あ……、ありがとうございます。大丈夫《だいじょうぶ》ですから」

きっとフレッドあたりから情報が入っているのだろう。ミレーユは慌てて笑顔《えがお》を作ったが、我ながら下手《へた》な作り笑顔であることは認めざるをえなかった。勝負に負けたことは受け入れているし、父や兄にこれ以上心配をかけたくないので思い切って部屋を出てきたが、問題はまだ残っているのだ。

心の中を察したかのように、リディエンヌはそっとミレーユの手をとった。

「ミレーユさまのお気持ち、わかりますわ。わたくしもリゼランドの王宮で女王陛下とともに夢を追いかけていた頃《ころ》を思うと、寂《さび》しさで胸がつぶれそうになりますもの。それに今はリヒャルトさまと離《はな》れ離《ばな》れ……。すごくお辛《つら》いことと思います」

女王とどんな夢を追っていたのだろうと考えていたミレーユは、思いがけない名が出てきてたじろいだ。

「なんでそこでリヒャルトが出てくるんですか？」

「だって、リヒャルトさまはこれまでミレーユさまの護衛役として、いつもお傍《そば》にいらしたでしょう？　それなのに今回はご一緒《いっしょ》でないのですから、お寂しいのではと思って」

「そ、そんなことないですよ。今まではあたしがフレッドの身代わりだったから傍についててくれただけで、今回は身代わりじゃないんですし、もともと他《ほか》に接点なんてないんですし」

思わずしどろもどろになってしまう。リヒャルトが傍にいないことを物足りなく思っていたのを見透《みす》かされたような気がしたのだ。

グリンヒルデに来るまでの数日はほとんど会話もかわさなかった。彼はミレーユを別邸《べってい》まで送り届けたあとは一度も姿を見せておらず、最後に会った時どんな顔をしていたのかさえもミレーユは覚えていなかった。まさかその後の接触《せっしょく》がまったくないだなんて思ってもいなかったし、ぐるぐると悩《なや》みすぎてそれどころではなかったのだ。

「それにリヒャルトは今、どこだかのお姫《ひめ》様の護衛をしてるんでしょう？　仕事なんだからしようがないですよ。たしかシアランの公女様でしたっけ」

「ええ。シアラン大公殿下《でんか》の妹君、マリルーシャさまです。どうしてもリヒャルトさまをお傍に置きたいと、陛下にお願いになったそうで……」

リディエンヌはそこでふと微笑んだ。

「ね、ミレーユさまも一緒にショールを編みませんこと？」

「え……あたしもですか？」

急に話が変わって目を瞬《またた》くと、リディエンヌは困ったように目線を落とした。

「ミレーユさまと一緒だったら頑張《がんば》れるかもしれません。本当はわたくし、手芸は大の苦手なのです。けれど、編んでくれないと家出するからと殿下に脅《おど》されてしまって」

「い、家出？」

「それで仕方なく編むことにしたのです」

リディエンヌは頬《ほお》に手をあてて息をついた。ショールを編むことにあまり気が乗らないらしい。もっとはっきり言うと、なんだか面倒《めんどう》くさそうにも見える。

彼女とジークの関係がいまいちよく理解できず、ミレーユはひそかに首をひねった。彼女がジークをどこかぞんざいに扱《あつか》っているように思えるのは気のせいだろうか。

決まりかけていた他の花嫁《はなよめ》候補には目もくれず、ジークは彼女を選んだと聞いている。大恋《だいれん》愛《あい》の末に結ばれたのだとばかり思っていたが、違《ちが》ったのだろうか。

「……あのー。リディエンヌさまって、ジークのことお好きなんですよね……？」

おそるおそる訊《たず》ねると、リディエンヌはぽっと頬をそめた。

「はい。愛しています」

「あ、そ、そうですよね」

「もう、ミレーユさまったら。恥ずかしい」

「ご、ごめんなさい、変なこと訊《き》いて」

照れまくるリディエンヌにつられて赤面しながらミレーユは謝った。もしふたりが完全な政略結婚《けっこん》だったならフレッドにもまだ希望はあるのではとちらりと考えてしまったが、この分ではやはりなさそうだ。

ひとしきり照れたあとで、リディエンヌは伏《ふ》し目がちに微笑んだ。

「でも、不安に思うこともあるのです。殿下はいずれ国王になられる御方で、わたくしはその妃《きさき》。ただ愛しい恋《こい》しいという想《おも》いだけでは成り立たない関係ですものね。殿下とわたくしは、恋人であると同時に国を守る同志でもあるのですわ。殿下のためなら、わたくし、なんだってやってさしあげたいと思っています」

「まあ……」

健気《けなげ》な人だ。こんなに素晴《すば》らしい婚約者がいるのに、ハーレムを作ろうなどと考えているあの男の神経がわからない。

「それでね、ぜひミレーユさまにも後宮に入っていただきたいなって思っていますの」

「ほんと最低ですよね、何かっていうと後宮に入れって……――は？」

聞き違いかとぽかんとなるミレーユの手を、リディエンヌはきゅっと握《にぎ》った。

「この先、わたくし一人では殿下をお支えすることが難しいかもしれません。けれどミレーユさまが一緒だったら、きっと頑張れると思うのです。ですから」

「え、ちょ、待って待って。何の冗談《じょうだん》ですか？」

「わたくしは本気です」

うるんだ瞳《ひとみ》で見つめられミレーユは絶句した。何がどうして未来の王太子妃から、王太子の後宮で一緒に頑張ろうなどと言われているのか。思考がうまく回らない。

「殿下のことがお嫌《きら》いですか？」

「え……そりゃまあ、正直あんまり好きじゃな――いやそういう問題じゃなくて」

「お嫌いならそれでもかまいません。殿下のお相手はわたくしがいたしますから、ミレーユさまは殿下がいらっしゃらない間、わたくしと一緒に過ごしていただければ。もっともっとたくさんの方々に来ていただいたら、皆様《みなさま》でお茶会をいたしましょう。楽しい企画《きかく》をたくさん考えていますのよ」

「他《ほか》にも誘うつもりなんですか!?」

「はい。だって、後宮ですもの」

ミレーユは呆然《ぼうぜん》となった。リディエンヌはどう見ても冗談を言っているようには見えない。それどころか、かなり具体的なことまで考えているようだ。

「あ、あの、あたしハーレムとかはちょっと……。普通《ふつう》に一対一の結婚が理想なので」

彼女の思いがけない過激な構想にショックを受けつつ、やんわりと断りを入れる。リディエンヌはしゅんとした顔になったが、やがて気を取り直したように毛糸玉を差しだした。

「では後宮入りのことはいずれまたあらためるとして……。今日は聖誕祭のショールに専念いたしましょう」

きらきらした瞳で見つめられ、ミレーユは軽く怯《ひる》んだ。話を聞いたかぎりでは、聖誕祭とは恋人同士や夫婦のためのものという印象である。明らかにミレーユには縁《えん》のない祭りだ。

「けどそれって、好きな人にあげなきゃいけないんですよね？　あたし、別にそういう相手いませんし……」

「そう難しくお考えにならなくても、頭に浮《う》かんだ方に差し上げればよろしいのです。ミレーユさまにも大切な方がいらっしゃるでしょう？」

ミレーユは少しの間沈黙《ちんもく》し、ぼそりと口をひらいた。

「いや、でもリヒャルトとは別に、全然そういう関係じゃないし……」

「リヒャルトさま？　髪《かみ》の色はたしか茶色でしたわね」

「そうですけど……」

「少しお待ちくださいね。侍女《じじょ》に言って、茶色の毛糸が余っていないか調べてまいります」

リディエンヌが張り切った様子で立ち上がったところで、ミレーユはようやく我に返った。

「あッ、ちょ、ちょっと待って！　違うんです、今のは別に深い意味とかはなくてっ」

「違うのですか？」

きょとんとした顔で見つめられ、頰が熱くなる。

「ち……違います……」

リディエンヌは微笑《ほほえ》んでミレーユの手をとった。

「では、今後のために、練習ということでつきあってくださいませんか？　わたくしひとりだと つい怠《なま》けてしまって、このままでは殿下が家出なさるのを止められそうにないのです」

ミレーユは顔を赤らめたままリディエンヌを見た。ここまで言われてはもう断れない。

「……でも、あたし編み物なんてやったことないですよ？」

「大丈夫ですわ。すばらしい先生に来ていただきますから。――そういえばそろそろいらっし やるはず……」

思い出したように彼女が扉《とびら》のほうに目をやると、ちょうど侍女が来客をつげにきた。

「姫様、王女殿下がおみえです」

「まあ、ちょうどよかった。こちらへお通しして」

「え……、もしかして先生ってセシリアさまなんですか？」

意外な人選に驚《おどろ》いて訊ねた時、赤毛の少女が侍女の案内で現れた。

久々に見るセシリア王女はどことなく元気がないようにも見えた。

もっとも、これまで彼女と顔を合わせた時はいつもフレッドの身代わりだったので、つんけんしている印象しかなかったのだが――椅子《いす》に腰《こし》かけてリディエンヌに編み物指南をしている彼女がごく普通の淑《しと》やかな姫に見えて、ミレーユは内心驚いていた。もともと見た目はかわいらしい人なのだ。実はこちらのほうが本当の顔だったりするのだろうか。

（フレッドはよっぽどセシリアさまの恨《うら》みを買ってるのね……）

ついいつもの癖《くせ》でびくびくしながら彼女をうかがっていると、視線を感じたのかセシリアがこちらを見た。

「……お義姉《ねえ》さま。こちらの方にもお教えしたほうがよろしいですか？」

「——へっ」

声は硬《かた》かったが、することもなく茶を飲むしかないミレーユをどうやら気遣《きづか》ってくれたらしい。ベルンハルト公爵《こうしゃく》の遠縁《とおえん》の娘《むすめ》ということで紹介《しょうかい》された同席者に、あまり親しみは向けないもののそれなりに興味はあるようだ。

「そうですね。せっかくですから、毛糸の在庫があるか調べてまいりましょう」

リディエンヌが立ち上がろうとしたので、ミレーユは慌《あわ》てて止めた。

「い、いえ、いいです、毛糸は自分で用意しますから。そこまでしてもらうの、悪いし」

「遠慮《えんりょ》なさらなくてもよろしいのに」

「いえ、お気持ちだけで。それに、どうせ編むんだったらちゃんと心を込めないといけないと思うので、やっぱり自分で買ったほうがいいと思うんです」

「そこまでおっしゃるなら……。では、次にいらっしゃるときは茶色の毛糸を持ってきてくださいね」

「……茶色？」

セシリアがちらりと目をむける。ミレーユが慌てて咳払《せきばら》いすると、リディエンヌは心得たようにうなずいて腰をおろした。

「そういえばミレーユさま。あの方の体格なども調べたほうがいいと思いますわ」

「え？　体格……ですか？」

「ショールを編むとき、相手の方の体格に合わせてやらないと、ちぐはぐなものが出来てしまうかもしれません。特に初めての方は、きちんと測定なさってからのほうがいいと思います」

「そうなんですか……。でもそんなことしたら、相手に編んでるのがばれちゃうんじゃ」

「難しい問題ですわね。しかもリヒャルトさまは今、マリルーシャさまの護衛……あ」

つい名前を出してしまい、リディエンヌは急いで口をおさえる。うまく話をそらしてくれたと思ったのにと、ミレーユは一気に赤面した。

「なっ、なんで名前……っ」

「ごめんなさい、あの、本当にごめんなさい」

あわてふためくふたりをよそに、セシリアは編み棒を手にしたまま固まっている。しかしそれも束《つか》の間、

「——わたくしは、何も聞いていませんわ」

やけにきっぱり断言すると、あとは一言もそれに触《ふ》れず黙々《もくもく》と編み物に没頭《ぼっとう》し始めた。

「ちょっと、あなた」

リディエンヌとの茶会を終え、宮殿《きゅうでん》を出てサロンへ向かおうとしたところで、ミレーユは硬い声に呼び止められた。

ふりむくと、お付きの侍女たちをどこかに置いてきたのか、先に帰ったはずのセシリアがひとりで立っている。

「な……なんでしょう？」

つい条件反射でびくびくしながら答えると、セシリアはじろじろと観察するようにこちらを見つめながら近づいてきた。

「あなた、王太子殿下《でんか》の婚約披露《こんやくひろう》の宴《うたげ》で、ラドフォード卿《きょう》と一緒《いっしょ》にいらした方ではなくて？」

さっきまでと違《ちが》い、どことなく不機嫌《ふきげん》そうな表情である。そういえばあの舞踏《ぶとう》会の夜、リヒャルトと一緒にいるところをセシリアに凄《すさ》まじい目でにらまれていたことを思い出し、ミレーユは若干蒼《じゃっかんあお》ざめた。

「そうですけど……、あれはたまたま一緒だっただけで、深い理由はないんです……」

「……」

「あの……、ほんとに、リヒャルトとはただの友達ですから。そんなに気にしないでください」

おずおずと続けると、疑うような目でじっと見つめていたセシリアは少し顔を赤らめた。

「べ、別に、気にしてなんかなくてよ。あなたとラドフォード卿がどんな関係だろうと、わたくしにはまったく関《かか》わりのないことだもの。変な誤解はやめてくださる?」

「はあ……」

「ラドフォード卿に何を言われたかは知らないけれど、わたくしに構わず、ふたりで仲良くしてくださっていいのよ。気を遣《つか》われる筋合いもないのだし。わたくしのためにうまくいかないなんてことになれば、それこそ迷惑《めいわく》だわ」

まくしたてるセシリアは、怒《おこ》っているように見えてそうでないようにも見える。ミレーユは不思議に思ったが、とりあえずうなずいた。

「それで、あの……、リヒャルトにショールを編んでるってこと、秘密にしてくださいね」

おそるおそる頼《たの》むと、セシリアはふんと鼻を鳴らした。

「わたくしは何も聞いていないと言ったでしょう。とにかく、わたくしが言いたいのは、わたくしに気兼《きが》ねをしないでちょうだいということよ。よくって?」

最後まで意味のわからないことを言って王女はくるりと踵《きびす》を返した。その拍子《ひょうし》に彼女が抱《かか》えていた包みから何かがすべり落ちる。

「セシリアさま、落としましたよ」

本のようなものだ。拾いあげようとして、ミレーユは開かれた頁《ページ》に何気なく目を落とした。

『目が覚めたら、わたくしは薔薇《ばら》の精になっているの。

王女がいなくなったと、みんな慌てて捜《さが》しているわ。けれどわたくしは出ていかない。だってわたくしは、伯爵《はくしゃく》に見つめられるためだけに生まれ変わったのだから。

ああ、飛んでいかなくては。あの人が呼んでいるわ。

もうすぐ舞踏会の時間なの。薔薇の花びらが敷《し》きつめられた広間で、伯爵が待ちわびている。

女王の求婚すら断って、わたくしだけを優《やさ》しく見つめてくれるの。

妖精《ようせい》の国に迷い込んだ伯爵と、伯爵のために妖精になったわたくし。

ずっとずっと、ふたりきりで楽しくダンスを踊《おど》るの――』


「…………」

ミレーユは無言で目を瞬《また》いた。

(これは一体……)

童話だろうか。妖精だの伯爵だの、兄に関する単語が頻出《ひんしゅつ》しているのが気になるが――。

「…………見たわね…………？」

ぞわりとした寒気を感じ、ミレーユははっと顔をあげた。

そこにいたのはまぎれもなく地獄《じごく》の使者だった。心配になるくらいの赤黒い顔をして、ぎらぎらとこちらを睨《にら》みつけている。

さー……と音を立てて血の気が引いた。

「あ、あの、これもしかして、セシリアさまの日記……」

「見られてしまっては、生かして帰すわけにはいかないわ……」

「い、いえ、見てません！　あたしは何も見てませ――」

「おだまりなさいっ!!」

「ひぃっ！」

間違《まちが》いない、殺される。思わずそんな覚悟《かくご》をしてしまうほどの迫力《はくりょく》だ。

「――ローズ。こちらの方を白百合の宮へお連れして」

底冷えのするような声で命じられ、どこにひそんでいたのか侍女《じじょ》たちが数人駆《か》け寄ってくる。

両脇からがっしりつかまえられ、ますます顔を引きつらせるミレーユに、セシリアは厳然と命令した。

「機密を口外されては困りますからね。あなたには、常にわたくしの目の届くところにいていただくわ。今後はわたくしの許しなく単独行動をすることは禁止よ。よろしいわね」

「そ、そんな」

愕然《がくぜん》とつぶやくミレーユを、侍女たちは問答無用で引きずるように歩き出す。

（なんでこうなるの――――!?）

悲痛なる心の叫《さけ》びとともに、ミレーユは白昼堂々王宮で拉致《らち》されてしまったのだった。

第二章　こぼれた名前

雨音と雷鳴《らいめい》が支配する夜。
暗い部屋に、少女が倒《たお》れている。
胸には赤い花が散っていた。白いドレスに浮《う》かぶ、あざやかな花びらだ。
——あれは本当に花だっただろうか？
そう思ったとき、虚空《こくう》に向いた瞳《ひとみ》がふいにこちらを見た。
激しい稲光《いなびかり》が照らした一瞬《いっしゅん》、白い顔がゆったりと微笑《ほほえ》む。
唇《くちびる》の端《はし》から血がこぼれ、彼女はいつも同じ言葉をつぶやくのだ。
優《やさ》しく微笑んだまま、たった一言。
「裏切り者」——と。

白百合の宮の一室に軟禁《なんきん》されたミレーユは、まんじりともせず朝を迎《むか》えた。

（ここから一生出られなくなったらどうしよう……）

パン屋の後継《あとつ》ぎになれなかったことで落ち込んでいた日々が懐《なつ》かしい。今や自分は将来を考えることすら許されない人質《ひとじち》になってしまったのだ。

寝台《しんだい》に腰《こし》かけて苦悩《くのう》していると、侍女がひとり入ってきた。

「おはようございます！　昨夜はよくお休みになりましたか？」

元気よく挨拶《あいさつ》したのは、セシリアの一番の腹心だというローズだった。ミレーユの顔色を見てとったのか、苦笑いを浮かべる。

「そうですわね、眠《ねむ》れるわけありませんわね」

「……ローズさん」

「ローズとお呼びくださいませ、ミレーユさま」

いやに丁寧《ていねい》な物腰《ものごし》だ。怪訝《けげん》に思ったのがわかったのか、ローズはかしこまって続けた。

「フレデリックさまとラドフォード卿は、姫《ひめ》様の騎士《きし》の中でも最古参でいらっしゃいます。そのお二方に縁《ゆかり》のある方なので、丁重《ていちょう》にもてなしなさいと申し付けられております」

「はあ……」

ミレーユは曖昧《あいまい》にうなずいた。四人《しゅうじん》のような気分でいたというのに、なんだか思っていたのと違《ちが》う展開だ。

「でも、そっか。あのふたりって、そんなに古くからセシリアさまと一緒《いっしょ》だったんですね」

「ええ。特にラドフォード卿《きょう》は、白百合騎士団が結成されるずっと以前——姫様のご幼少の頃《ころ》からお傍《そば》にいらっしゃいます。姫様も一番頼《たよ》りにしておいでですのに、あの公女様が無理やり護衛役に指名して……。本当に横暴ですわ」

急に怒り出したローズを、ミレーユは不思議に思って見つめた。

「公女様って、シアランの？　確か、マリー……」

「マリルーシャ姫です。姫様と同じ歳でいらっしゃるのに、こうも違うものかと思ってしまいますわ。わがままで派手好きで、まるでご自分の屋敷《やしき》のごとく王宮を歩いていらっしゃるんですのよ。アルテマリスの王女にふさわしいのは自分だと言いたげなお振《ふ》る舞《ま》いばかりで……。姫様にお仕《つか》えする者として、心底いけすかないお方ですわ」

顔を洗うための水盥《みずたらい》を用意しながら、ローズは怒り心頭《いかりしんとう》といった様子でぶちまけた。品格ある王女の侍女にしては随分《ずいぶん》過激な物言いだが、それだけ鬱憤《うっぷん》がたまっているのだろう。主人であるセシリアを思えばこその言い分でもあるかもしれない。

（セシリアさまって、結構侍女たちに慕《した》われてるみたいね……）

意外に、と言っては失礼かもしれないが、それが正直な感想だった。ミレーユを拉致する時も、侍女たちがセシリアの剣幕《けんまく》に恐《おそ》れをなしていたのを見たのだから尚更《なおさら》だ。

「ずばりとはおっしゃいませんけれど、あの方は明らかに姫様を侮《あなど》っておられますわ。白百合姫の名にふさわしいのは自分だと、宴《うたげ》の席でおっしゃったそうですし。しかも姫様のことを偽《にせ》者《もの》とまで……！　ああ、本当にいけすかない」

愚痴《ぐち》る相手が欲しかったのかローズは腹立ちを隠《かく》そうともせずしゃべりまくっている。顔を洗いながら聞いていたミレーユは、ふとセシリアの生《お》い立ちのことを思い出した。

（そっか、セシリアさまは国王陛下の実のお子様じゃないんだっけ。でもだからって偽物とか言うのはひどすぎるわね。周りの人は注意したりしないのかしら）

そういうところも含《ふく》めてローズは怒《おこ》っているのかもしれない。ひょっとすると、王宮でのセシリアの立場というのは思っていた以上に微妙《びみょう》な位置に置かれているのだろうか。

そんなことを考えていたら、不意に当の本人の声がわりこんだ。

「いけすかなくても、茶会を欠席するわけにはいかなくてよ。ローズ」

ぎくっ、とローズが口をつぐむ。部屋の入り口にセシリアが立っているのを見て、みるみる蒼《あお》ざめた。

「よくも朝から関係のないことをべらべらと……っ」

「あああのっ、違うんです！」

ヒィッと息をのむローズ同様にミレーユも一瞬硬直《いっしゅんこうちょく》したが、主《あるじ》大事な彼女が不憫《ふびん》で思わず口を出してしまった。

「あたしがいろいろ聞き出しちゃって、ローズはそれに答えてくれただけなんです。詮索《せんさく》してしまって、ごめんなさい……」

じろりと視線を向けられ、弁解の言葉も尻《しり》すぼみになってしまう。しかしセシリアはそれ以上誰も責めることはなかった。

「——今日は午後から、マリルーシャさまの茶会に招かれているの。あなたもそのつもりで用意していてちょうだい。侍女として同行していただくわ」

「えっ。侍女？」

「当然でしょう。わたくしの監視《かんし》下に置くと言ったはずよ。あなたには常にわたくしと一緒にいていただくわ。お義姉《ねえ》さまのもとへは毎日通わせてあげる。どのみち、わたくしも招かれていますからね。言っておくけれどわたくしだって鬼《おに》ではないのよ。毛糸を買いに行く時間くらい作ってさしあげるわ。もちろん監視はつけるけれど」

「…………」

びしびしと言われ、反撃《はんげき》できるはずもなくミレーユは肩《かた》を落とした。

（せっかく身代わりにならなくていいのに……）

やはり今回も、平穏《へいおん》には過ごせそうにないらしい。


シアラン公女マリルーシャは、前シアラン大公の末娘《すえむすめ》である。

生母はアルテマリス国王の姉、実兄《じっけい》は当時のシアラン王太子という輝《かがや》かしい血筋に生まれた彼女だが、七年前、弱冠《じゃっかん》六歳にして故国を追われることになった。

父大公が亡《な》くなった直後、その子どもたちによる跡継ぎ争いが起こったのである。時を同じくして母も亡くなり、王太子だった兄は争いに巻き込まれ行方《ゆくえ》がわからなくなった。結局、玉座を勝ち取ったのは長兄のギルフォード——つまり現大公であるが、執拗《しつよう》に弟妹《ていまい》たちの粛清《しゅくせい》を企《くわだ》てる彼から逃《のが》れるため、彼女はひそかにシアランを脱出《だっしゅつ》したのである。

以来隠遁《いんとん》生活を送っていた彼女が今になって姿を現したのには理由があった。

前大公には六人の息子《むすこ》と四人の娘がいたが、現大公とその実妹をのぞいた全員が七年前の事件で散り散りになり、今も行方がわかっていない。

ところが現大公にはひとりも子がなく、しかも彼は病に臥《ふ》しており、もう長くないだろうと言われている。七年前にまいた種が、大公家断絶の危機となって降りかかってきているのだ。

そこで故国の危機を憂《うれ》えたマリルーシャは、己《おのれ》の危険も顧《かえり》みずに次期大公の名乗りをあげ、叔父《おじ》であるアルテマリス国王に後見役を願い出て帰還《きかん》したのである——。

公女が滞在《たいざい》しているのは、現在貴賓《きひん》館となっている白薔薇《ばら》の宮だった。

エドゥアルトが子どもの頃に住んでいたところだ。そう思うと、初めて足を踏《ふ》み入れる場所なのに、なんだか懐かしいように感じる。

しかし今のミレーユにはそんな感傷にゆっくり浸《ひた》っている余裕《よゆう》はなかった。

すぐ目の前ではリディエンヌとセシリア、それにマリルーシャがテーブルを囲んで談笑している。その向こう側にはリヒャルトが控《ひか》えていた。女官のお仕着せに身を包んでまぎれているので気づいてはいないようだが、いつばれるかとひやひやものである。

「──お二人とはいろいろお話ししてみたいって、ずっと思っていましたの。ぜひ仲良くしてくださいませね」

はしゃいだように話すマリルーシャは、十四歳という年齢《ねんれい》のわりにひどく大人《おとな》びた少女だった。ミレーユと同じか、もしくは年上に見える。国を追われてもさすがは公女だと思わせる実に堂々とした態度で、奔放《ほんぽう》な勝ち気さを感じさせる美貌《びぼう》をもっていた。赤みがかった栗色《くりいろ》の髪《かみ》を肩にたらし、深い青のドレスを着ている。

「光栄ですわ。わたくしも、マリルーシャさまとお話ししてみたいと思っていました」

「リディエンヌさま、どうかマリーと呼んでくださいませ。マリルーシャなんて長くて呼びにくいでしょう？　それにそのほうが仲良しだという感じがしますわ」

公女の提案に、リディエンヌはゆったりと微笑《ほほえ》んだ。

「マリーというのは、愛称《あいしょう》でいらっしゃるのですか？」

「ええ。シアランにいた頃、お兄様がそう呼んでいたのを周りの者たちも真似《まね》をして」

「エセルバート殿下《でんか》とは仲良しでいらしたのですね」

「それはもう。同じ母から生まれた、たったふたりの兄妹ですもの。わたくし身体《からだ》が弱くて、離宮《りきゅう》で過ごすことが多かったものですから、お兄様が遊びにきてくださるのが楽しみで」

そこでふいにマリルーシャは声をうるませ、顔を覆《おお》った。

「大好きでしたのに、今はもうどこにいらっしゃるのかもわからない。本当ならお兄様が大公になるはずでしたのに……」

急に泣き崩《くず》れる様は少し大仰《おおぎょう》とも思える仕草だ。だが、彼女に感情移入していたミレーユは気づかなかった。

この世にたったふたりだけの兄妹。いつも優《やさ》しく気遣《きづか》ってくれた兄と突然離《とつぜんはな》れ離《ばな》れになり、今も消息不明だなんて、その悲しみと寂《さび》しさはいかばかりだろうか。

フレッドがよく出来た兄かといわれると微妙なところだが、それでも大切なことに変わりはない。もしいなくなったら自分ならきっと毎日泣き暮らすだろう。

涙《なみだ》ぐむ公女は、大人びて見えてもまだ十四歳だ。守ってくれる人もいない故国へ帰るのは心細いだろうにと同情のまなざしで彼女を見ると、その隣《となり》でむっつりとして茶を飲んでいるセシリアが目に入った。感動する場面のはずなのに、なぜか彼女だけはしらけた目をしてひどく不《ふ》機嫌《きげん》そうだ。

(やっぱりマリルーシャさまがお好きじゃないのかしら。いろいろ噂《うわさ》とかも耳に入ってるだろうし……。そういえばマリルーシャさまもセシリアさまには全然話しかけないけど、どうしてだろ？　ご自分で招待しておいて、まるで無視してるみたいじゃない……)

リディエンヌになぐさめられていたマリルーシャは、気を取り直したように涙をぬぐった。

「ええ、大丈夫《だいじょうぶ》です。皆様《みなさま》よくしてくださいますし、とても有能な護衛もついていますもの」

そう言って背後に控えるリヒャルトをふりかえる。

「聞けばリヒャルトもシアランの出だとか。同郷だと思うとふしぎに懐《なつ》かしく、一緒《いっしょ》にいると心が休まります。わたくしの言う事を何でもきいてくれますし、本当に頼《たよ》りにしていますの」

彼女の視線を受けて、リヒャルトが微笑む。公女の瞳《ひとみ》がうっとりと潤《うる》んだ。

見つめ合うふたりは想像していたよりずっと親しげだ。わがままな公女に無理やり護衛役をやらされている、という雰囲気《ふんいき》はとても感じられない。そしてマリルーシャは明らかに彼に護衛役以上の感情を抱《いだ》いているようだ。

「わたくしがシアランへ帰る折には、リヒャルトにも一緒に来てもらおうと思っていますのよ。母国に仕《つか》えるのは騎士《きし》の誇《ほこ》りでしょう？　その誇りをわたくしが与《あた》えてあげたいのです」

（――え⁉）

目をむくミレーユには気づきもせず、彼女はにこやかにリヒャルトを見つめた。

「どうかしら、リヒャルト。あなたさえ望むならわたくしから陛下にお願いしてあげてもいいわ。今はまだ命令できる立場にないけれど、その日が来たらきちんと爵位《しゃくい》を授《さず》けてわたくしの特別騎士にしてあげる」

勝ち気な瞳で見上げる公女を、リヒャルトは穏《おだ》やかな笑《え》みで見つめ返す。

「光栄です。ぜひお供つかまつります、公女殿下《でんか》」

あっさり即答《そくとう》したリヒャルトに、ミレーユは愕然《がくぜん》とした。

（な……、なんで⁉）

思わず身を乗り出す。隣にいた侍女《じじょ》が慌《あわ》てたように目で制したが、それどころではない。

マリルーシャは満足げに微笑み、セシリアを見た。その笑顔は、それまでの健気《けなげ》な公女とは別人のように挑戦《ちょうせん》的で勝ち誇ったものだった。

「王女殿下、リヒャルトはこう言っていますけれど、わたくしの騎士にしてもよろしいですかしら。そのほうが彼のためにもなると思うのですが、いかが？」

どこか押し付けるような物言いに、それまで一言もしゃべらずにいたセシリアがぴくりと反応した。

彼女は硬い表情のまま顔もあげずに口をひらいた。

「……ラドフォード卿《きょう》が行きたいというのなら、止めるわけにはいきませんわね」

「まあ、良かった。物分かりの良い主《あるじ》に仕えて、リヒャルトは幸せ者ね。今日からは正々堂々、わたくしの騎士を名乗りなさい」

楽しげに笑うマリルーシャの言葉が耳に入っていないかのように、セシリアは黙《だま》りこくって茶を口に運んだ。その表情には静かに不愉快《ふゆかい》さが蓄積《ちくせき》されているようで、リディエンヌが心配そうにそれを見ている。

一方のミレーユは、急な展開に呆然《ぼうぜん》としていた。

（リヒャルトが、マリルーシャさまの騎士になってシアランに帰る……？）

彼がシアラン出身だというのは知っているが、それ以前にそもそも彼はセシリアの騎士だ。その任を放棄《ほうき》してまで母国に帰りたいと思っていたとは寝耳《ねみみ》に水である。――しかも。

（セシリアさまが一番頼りにしてる騎士なんでしょ？　それなのに、なんでセシリアさまの前で他の人に仕えるとか言っちゃうの⁉）

マリルーシャの境遇《きょうぐう》には同情するが、それとこれとは話は別だ。騎士のくせに筋を通さないとは、ここはひとつ自分が説教して聞かせるしかあるまい。

固く決意したミレーユは、だだ漏《も》れの殺気にリヒャルトがとっくに気づいていることも知らず、ぎらぎらと彼をにらみつけたのだった。


茶会から二日が過ぎた午後。

「――お待ちなさい」

背後で鋭《するど》い声がして、脱走《だっそう》を図ろうとしていたミレーユはぎくりと足をとめた。

おそるおそるふりむくと、案の定セシリアがこちらを見ている。足音を立てないように靴《くつ》を脱《ぬ》ぎ、慎重《しんちょう》に忍《しの》び足で歩いていたのに。なんという地獄耳《じごくみみ》だろう。

軟禁《なんきん》されている部屋から外へ出るにはこの居間を通らなければならない。しかしセシリアの執念《しゅうねん》も大したもので、彼女は常に居間に陣取《じんど》ってミレーユの監視《かんし》を続けている。

逃《に》げ出したりしたらどんな逆襲《ぎゃくしゅう》に遭《あ》うかわからないと思ったが、このまま大人しく軟禁状態に甘んじているわけにもいかない。どうにかしてリヒャルトに話をつけに行かなければという一心で抜《ぬ》け出そうと隙《すき》をうかがっていたのだが、脱走計画はあっさり失敗してしまった。

「どこへ行くつもり?」

「う……、ちょっと、そこまで」

低い声で問われ、ミレーユはおどおどと言いよどんだ。そんなに鋭い目をして訊《き》かれては本当の理由を言えるはずもない。

セシリアは少し黙ってから口を開いた。

「ラドフォード卿の体格を計りに行きたいのね？」

「――へっ」

「いいわ。外出を許しましょう。その代わり、わたくしも同行するわ」

問答無用で話を進められ、計測用の紐《ひも》まで渡《わた》されて、ミレーユは半ば強引《ごういん》に王女に引っ張られて白百合の宮を後にすることになった。

誰もいない回廊《かいろう》をリヒャルトが歩いていく。

そっと柱の陰《かげ》から顔を出したミレーユは、その背中を見つめ、ごくりと喉《のど》を鳴らした。

(簡単なことよ。隙を見てこの紐をリヒャルトに巻きつけて、その位置を覚えておけばいいんだから)

セシリアの誤解でこうなったとは言え、どちらにしろいつかはやらなければならなかったことだ。いざ尾行《びこう》を始めてみると、なかなか人目につかない場所で彼とふたりきりになる機会がないことを思い知らされた。ようやくめぐってきた好機、失敗は許されない。

別の柱の陰に潜《ひそ》むセシリアに目で合図を送ると、ミレーユは足早に標的を追いかけた。

狙われているとは夢にも思っていないであろう彼は、後ろを振り返ることもなくなく長い足ですんずん歩いていく。このまま引き離《はな》されてはかなわない。ミレーユは歩きづらい靴を脱ぎ捨て、裸足《はだし》になって尾行を再開した。

（――あ、まずいわ！）

背中が角を曲がったのを見て、慌てて駆《か》け出す。あの先はもう白百合のサロンがある棟《むね》だ。騎士たちの中にまざられたらとてもじゃないが体格測定など出来はしない。

そういえばまだ彼らと顔を合わせていないことを思い出したが、ひとまずそれは横に置いてミレーユは走った。角を曲がってなおも走ろうとしたところで、すぐそばに誰かが立っているのに気づいて振り仰《あお》ぐ。

それがリヒャルトだとわかってミレーユは仰天《ぎょうてん》した。

「きゃあああっ!!」

驚《おどろ》きのあまり叫《さけ》んでしまったが、驚いたのは相手も同じらしい。壁《かべ》にもたれて追跡者《ついせき》を待ち伏《ぶ》せしていたリヒャルトは、身体《からだ》を起こしかけた姿勢のままで絶句している。

「おっ、脅《おど》かさないでよ！」

「いや……………それはこっちのせりふですよ」

よほど意表を衝《つ》かれたのか声が少しかすれている。夢からさめたかのように少しぼんやりとした顔をしていたが、やがて気を取り直したのかいつもの表情に戻《もど》った。

「何をしてるんですか？　靴も履《は》かずに」

「あ……えっと、ちょっと尾行を」

「尾行？」

「じゃなくてっ、散歩してただけよ。リヒャルトこそ、公女様の護衛は？　あっ、もしかして休憩中《きゅうけい》？」

ずっと尾行してきたのだからそのへんの事情はとっくに把握《はあく》しているのだが、わざとらしく訊《たず》ねてみる。リヒャルトはその問いにうなずいたが、ふと思い出したように話を変えた。

「そういえばこの前は何をしてたんですか？　女官の服なんか着て」

「この前って？」

「白薔薇《ばら》の宮にいたでしょう。リディエンヌさまと王女殿下《でんか》の茶会の席に」

「それが実はセシリアさまに拉致《らち》され……、いや別にっ、ちょっと女官になってみたいなあと思って。あの服かわいいわよね」

まさかばれていたとは思わなかったミレーユは、慌ててごまかした。

リヒャルトはその答えに納得していないようだったが、深く追及《ついきゅう》する気もなさそうだった。軽くため息をついて真面目《まじめ》な顔になる。

「あまり危ないことはしないでください。もしあなたに何かあっても、今は守ってあげられないんですから」

「う、うん……」

「とりあえず、やたら殺気を出しながら尾行するのはやめたほうがいいです。危険すぎます」

「えっ。気づいてた?」

「気づいてましたよ。さっきからずっと」

とっくにばれていたらしい。ミレーユはがくりと肩《かた》を落とした。

(絶対ばれてないと思ったのに……。あれ、でもさっきはものすごく驚いてなかった?)

内心首をかしげたが、彼の顔がなんだか疲《つか》れているように見えて、急に心配になってきた。

やはり公女の護衛というのは気を遣《つか》うものなのだろう。茶会でマリルーシャが見せた二面性を思い出し、ミレーユは表情をくもらせた。

大変な思いをしてまでも、故国に仕《つか》える騎士《きし》になりたいと彼は思っているのだろうか。本当に望んでいるなら応援《おうえん》してあげるべきなのかもしれないが、セシリアのことを思うと単純にそう口にすることができない。

(……って、なに疲れた顔にほだされそうになってるのよっ。リヒャルトにお説教するために来たんでしょうが)

慌てて自分をたしなめるが、どうにも茶会の時ほどの熱い意欲がわいてこない。

(ああもう、リヒャルトがいけないのよ。そんな顔してたら励《はげ》ましたくなっちゃうじゃない)

悶々《もんもん》と思い悩《なや》んでいると、リヒャルトがくすりと笑《え》みをもらした。

「でも、安心しましたよ。元気になってくれたみたいですね」

「……え? 何が?」

「ずっと気になっていたので……。あなたのそういう表情を見られて、良かった」

何から切り出そうかとうわのそらだったミレーユは、その言葉に顔をあげた。パン屋跡取《あとと》り対決に敗《やぶ》れて落ち込んでいたのを気にしてくれていたのだ。

「心配かけてごめんね。でも、もう大丈夫《だいじょうぶ》だから。……たぶん」

「たぶん？」

「……パン作りはもう封印《ふういん》したの。だからそれは割り切ってるんだけど、でもこれからどうするかはまだ考え中だから……」

リヒャルトは少し黙《だま》ってから訊ねた。

「ちなみに、どんな選択肢《せんたくし》があるんですか？」

「選択肢は——あんまりないわ。パンが作れないからって他《ほか》の商売に乗り換《か》えるわけにはいかないでしょ。おじいちゃんとママを置いてよそに行くなんてできないし、あたしは一人娘《ひとりむすめ》だからしょうがないのかなって……。あいつ生意気だけど職人としての腕《うで》は確かみたいだし、考えてみれば理想のお婿《むこ》さんなのかもしれな……」

ロイの顔がちらついて思わずため息をもらしたら、急に肩をつかまれた。

「え？」

「……」

リヒャルトは黙ったまま見下ろしている。と思ったら、もう一方の手で頬《ほお》にふれてきた。

「な、何？」

「……」

なおも無言のまま頬を指でなぞられ、ミレーユはつい赤くなった。どうしてこんなことをされるのか、わけがわからない。何かこれまでと雰囲気《ふんいき》が変わった気がして落ち着かなくなる。だが混乱したのも束《つか》の間、彼はいきなり頬をつまみあげた。

「なっ……、何するのよ?」

さっきとは別の意味で、どうしてこんなことをされるのかわからず、ミレーユは目を丸くして見上げた。だが、やった本人にもよくわかっていないようで、目を泳がせながら横を向く。

「すみません、つい……」

「ついじゃないわよ、びっくりするじゃない。つねりたいんならそれで構わないから、事前に言ってくれない?」

「いや、その……急にしたくなって」

「あたしにだって心の準備というものがあるのよ。あなただって、急にほっぺをつねられたら何事かって思うでしょうが」

「いや……、ああでもしないと我慢《がまん》できなかったんですよ」

「全然我慢できてないじゃない! 思い切りつねったじゃないの」

繰《く》り出される言い訳にいちいち文句をつけていたミレーユだったが、彼が困ったような顔で黙り込んだのではっと口をつぐんだ。

(がみがみ言いすぎだわ、あたしったら。リヒャルトは公女様の護衛でいろいろ大変な目にあってるのよ。そりゃほっぺのひとつやふたつ、つねりたくもなるでしょうよ。たまにはあたし

が八つ当たりを受けてあげなきゃ）

心の狭《せま》い自分を反省しつつ、あらたまって申し出る。

「あたしでよかったら、いつでも相手になるから。したいなら、もっとしてもいいのよ」

リヒャルトはなぜか少しひきつった笑みを浮《う》かべた。

「いえ、もう充分《じゅうぶん》ですから」

「もうさわっても怒《おこ》らないわよ？」

「はあ……、じゃあそれはまた次の機会に思い切りやります」

どこか強引《ごういん》に話を切り上げると、彼は微妙《びみょう》な表情のまま続けた。

「それで、なぜ俺を尾行してたんですか？」

ミレーユはようやく目的を思い出した。じゃれている場合ではない。早く測定しなければ。

「えっとね、申し訳ないんだけど、ちょっと目をつむって真っ直《す》ぐ立っててくれない？」

「は……？」

「お願い、すぐ済むから」

気取られないように測定するのはもう無理そうだが、目をつむっていれば、こちらが何をしているのかはきっとわからないだろう。

リヒャルトが目をつむったのを確認《かくにん》し、ミレーユは彼の身体《からだ》に紐《ひも》を持った手を回した。ちょうど一周するあたりに、色のついた別の短い紐を結びつけて目印にする。

「それ、なんですか？」

頭上で訝《いぶか》しげな声がして、次の地点を計ろうと新しい紐を取り出しかけていたミレーユはぎょっとして見上げた。

「なんで見てるの⁉」

「いや、あなたが急に抱《だ》きついてくるから」

手元の紐に視線を感じ、ミレーユはうろたえた。うまくごまかす余裕《よゆう》もなく、みるみる頬が熱くなる。

「目をつむってって言ったじゃない！　ちゃんと計らないと変なふうに出来上がるかもしれないのよっ！」

「え……？　あの、すみません、もう見ませんから」

いきなり怒られてリヒャルトはわけもわからず慌《あわ》てて謝ったが、ミレーユの狼狽《ろうばい》と怒りは収まらなかった。

「もういいわ、あなたがそのつもりなら、あたしだって好きなように編んでやるから！」

「編むって、何を？」

墓穴を掘《ほ》ってしまった。焦《あせ》るあまり、萎《な》えかけていたことにまで火がつく。

「……っだいたい、なんで急にシアランに帰るなんて言うのよっ。あなたはセシリアさまの騎士なのに、どうしてセシリアさまの前であんなことというの⁉」

リヒャルトはたじろいだように口をつぐんだ。いきなり話題が変わって面食《めんく》らったというより、痛いところを突《つ》かれたといった顔だ。

「――いいのよ。おやめなさい」

沈黙《ちんもく》を破ったのは第三者の声だった。

柱の陰《かげ》から現れた王女を見てリヒャルトが目を見開く。それに構わず、セシリアはいつになく静かな表情でミレーユを見た。

「承知していることなの。責め立てる必要はないわ」

「……でも」

「ラドフォード卿《きょう》。こちらはわたくしのお客様なの。あまりいじめてもらっては困るわね」

「お客……?」

どちらかというといじめられた方に近いリヒャルトは、仲裁に入った王女をまじまじと見つめた。隣《となり》のミレーユと見比べて口元をほころばせる。

「それはまた、随分《ずいぶん》仲良しになられたんですね。お友達になられたんですか」

セシリアが顔を赤らめる。彼女はむんずとミレーユの手をつかむと踵《きびす》を返した。

「ただのお客様よ。変な言い方はよしてちょうだい。働きすぎで頭の回転がおかしくなっているのじゃなくて? せいぜい過労死しないように気をつけることね」

捨てぜりふをたたきつけると、セシリアは早足にその場から逃《に》げ出した。リヒャルトが苦笑《くしょう》しているのをふりかえり、ミレーユは手をぐいぐい引っ張りながら歩くセシリアに目を戻《もど》す。

「セシリアさま、本当にいいんですか? リヒャルトがシアランに帰っちゃっても……」

「別にかまわないわ。――それよりあなた、秘密は守れて?」

「え？」

「ひとりで外出することを許すわ。その代わり、調べていただきたいことがあるの」

きょとんとするミレーユに、セシリアはどこか硬《かた》い表情で命じた。


白百合の宮に戻ると、ふたりはセシリアの私室のひとつに閉じこもった。

「あなたの尾行《びこう》ぶりはなかなかのものだったわ。思い切りも良さそうだし、口外しないと固く誓《ちか》うなら、あなたにだけは話すわ」

おごそかに切り出されて、ミレーユはごくりと喉《のど》を鳴らした。

「あの……、心配なさらなくても、あの日記のことは誰にも言いませんから――」

「誰がそんな話をしているの⁉　次に口に出したら承知しなくてよ！」

「ひぇぇっ、ごめんなさい忘れますっ！」

くわっと牙《きば》を剝《む》かれ、ミレーユは震《ふる》え上がった。彼女にとってあの日記のことは禁句なのだと心に深く刻みつけつつ、おそるおそる訊《たず》ねる。

「それで、調べてほしいことって……？」

セシリアは思いつめたような顔で黙《だま》り込んだ。言おうかどうか迷っているような表情だ。

「なにか困ってらっしゃるのなら、お手伝いしますから。お話ししてくださいませんか？」

うながすと、セシリアは少し考えてから口を開いた。

「ある人物の行動を見張ってほしいの。そしてそれを逐一《ちくいち》わたくしに報告してちょうだい」

「それくらいならあたしにも出来そうですけど……、でも、誰を？」

「……エレノア・ダールトン。マリルーシャ公女の侍女《じじょ》よ」

提示された名前をミレーユは口の中で繰り返した。もちろん覚えはないが、マリルーシャの侍女というところがひっかかる。

「あの……、理由をきいてもいいですか？　もし何かマリルーシャさまとの間に問題があるのなら、あたしよりもっと頼《たよ》りになる人たちに協力してもらったほうがいいかもしれませんし」

「だめよ、口外は許さないわ。理由なら教えてあげるから、誰にも言わないでちょうだい」

鋭《するど》く制すと、セシリアはいくらか声をひそめた。

「わたくしの昔の知り合いかもしれないの。けれどいまいち記憶《きおく》が定かでないのよ。気になるから調べてほしいだけ。煩《わずら》わせたくないから、伯爵《はくしゃく》やお兄様たちには黙っていて」

「はあ……」

まさかセシリアの口からそんな殊勝《しゅしょう》な言葉が出るとは思わず、ミレーユは驚《おどろ》きつつうなずいた。言い方は相変わらずだが、伏《ふ》し目がちに理由を話す様子は別人のようにしおらしい。

「でも、どうしてそれをあたしに？」

「だってあなた、ラドフォード卿ととっても仲が良さそうだったもの。彼が信頼《しんらい》している人ならわたくしも信頼できると思ったの。――べ、別に、あなたと友達になりたいとか、そういうことでは全然なくてよ⁉　ラドフォード卿は誤解しているの、勘違《かんちが》いしないでちょうだい」

急に顔を赤らめてセシリアはまくしたてた。

そういえばリヒャルトがそんなことを言っていたのをミレーユは思い出した。あの時、彼は安心したような顔で笑っていた。とても優《やさ》しい瞳《ひとみ》でセシリアを見つめながら。

（きっとセシリアさまのことをとっても大事に思ってるんだわ。なのにどうしてシアランに行くなんて言うんだろ……？）

真意がわからず、ミレーユはひそかに首をひねった。


ふたりそろって密談部屋を出たところで、激しく討論をかわす二人組に出くわした。

「ふざけるな！　マデリーンがどんな思いで伯爵を待っていたと思っている！　貴様には血も涙《なみだ》もないのか！」

憤激《ふんげき》した様子で叫《さけ》んだのは第二王子ヴィルフリートである。金の髪《かみ》に翠《みどり》の瞳、稀《まれ》に見る美少年だが、その表情は険しく、目の前に座る少年を見据《みす》えている。

責められているのはフレッドだ。こちらは対照的に落ち着いた様子で軽く腕《うで》を組んでいる。

「しかし殿下《でんか》、いくら彼女を庇《かば》っても、マデリーンのお腹《なか》の子は伯爵家の跡取《あとと》りにはなれません。かわいそうだとは思いますが、それが現実というものです」

「なんという誠意のない物言いだ、見損《みそこ》なったぞ！　愛があれば乗り越《こ》えられる障害ではないのか⁉」

「殿下の正義感には感服しますが……、申し訳ありません。ぼくにはとても受け入れられない」

「もういい、貴様のような男とはこれ以上話をしても無駄《むだ》だ。マデリーンの子は僕が育てる！」

「それは無理ですよ。というか少し落ち着いてください」

「ええい、黙れ！　マデリーンも子どもも、みんな僕のものだ！」

「殿下は肝心《かんじん》なことが見えていらっしゃらない。マデリーンの目的は身体なんですよ。ああ見えて彼女はしたたかな女なんですから」

不穏《ふおん》な言い争いをくりひろげるふたりを、ミレーユは目を瞠《みは》って見ていた。

知らない名前が飛び交《か》っているが、お腹の子だの伯爵家の跡取りだの、尋常《じんじょう》でない事態には違《ちが》いない。しかもどうやら三角関係が勃発《ぼっぱつ》しているようだ。

「フレッド……、あんた、まさか……！」

蒼《あお》ざめてつぶやくと、ふたりはようやくこちらの存在に気づいて振《ふ》り向いた。ヴィルフリートが驚いたように腰《こし》を浮《う》かせたが、彼に挨拶《あいさつ》する余裕もない。

「どういうことよっ、マデリーンって誰よ!?　ま、まままさか、に、に、にんし——」

「ああ、違う違う。誤解だよ」

フレッドは笑って手を振ると、テーブルの上に積まれていた本を一冊とりあげた。

「これについて感想を述べ合ってたんだ。『マデリーンは遠い日の夕映《ゆうば》え』。ぼくの友達が書いた物語でね、山奥に棲《す》む大熊《おおぐま》のマデリーンが迷い込んできたスザンネ伯爵に恋《こい》をして、彼を食べようと屋敷へ乗り込んでいくっていう話なんだ。身籠ってるから気が立ってるんだろうけど、さすがに食べられるのは嫌《いや》だよねえ。なのに殿下はあくまでマデリーンの味方をなさるんだ。ほんと、熊好きにもほどがあるよ」

やれやれとフレッドは肩《かた》をすくめる。ヴィルフリートが憤慨《ふんがい》したように反論した。

「好きで何が悪い！　熊は山の王者だぞ。もふもふして手触《てざわ》りも最高だろうが！」

「別に悪くはないですが、どうせならもっとまともな恋愛《れんあい》小説を読まれたほうがいいと思いますよ」

「恋愛小説？」

ヴィルフリートがそんなものを読んでいるのが想像できず、不思議に思って彼を見ると、王子は難しい顔でうなずいた。

「近頃《ちかごろ》、原因不明の怪奇《かいき》現象に悩《なや》まされていてな。どうにも落ち着かないので、自分なりに調べてみることにしたのだ」

「怪奇現象、ですか？」

「うむ……。ないはずのものがあるように錯覚《さっかく》したり、まったくの他人同士が同じ人物に見えたり、特定の人物が毎晩夢に出てきたり……」

「まあ……それは怖《こわ》いですね」

ミレーユは眉《まゆ》をひそめた。それが恋愛小説とどういう繋《つな》がりになるのかはよくわからないが、気味の悪いことに変わりはない。

「それでセシリアさまのお部屋で毎日恋愛小説を読みふけっていらっしゃるわけだよ。何しろ王女殿下は恋愛小説を山のようにお持ちだから」

フレッドが笑顔で言葉を引き継《つ》ぐと、それまで唖然《あぜん》として黙っていたセシリアがぴくりと右眉をはねあげた。

「……その山のような恋愛小説をわたくしに押し付けてきたのは、どこの誰なの」

「ぼくは騎士《きし》団団長として、殿下の情操面の発達を見守りたいだけなんです」

「それはまったくもって迷惑《めいわく》というものだわ。金輪際《こんりんざい》、わたくしのところへ品物を送りつけてこないでちょうだい。不用品が増えて鬱陶《うっとう》しくて仕方がないの」

「これまでお贈りした四百六十五冊、すべてに殿下自《みずか》らお手製のカバーをかけておられるそうで。そんなに大切にしていただけるなんて、いやあ、贈った甲斐《かい》がありました」

アハハとフレッドは笑う。セシリアの顔が真っ赤になった。

「わ、わたくしは物を大切にする主義なの。別に、あなたにもらったからというわけじゃ――」

「そうそう、今日も新しいのを持ってきたんですよ。ほらこれ、『薔薇《ばら》の精になるには』。以前日記をしたためながらおっしゃっていましたよね、妖精《ようせい》になって薔薇の国に飛んでいきたいって。風情《ふぜい》のある夢をお持ちで本当に微笑《ほほえ》ましいかぎりです」

セシリアは目をむいた。耳まで赤くなったまま小刻みに震《ふる》え出す。

――ぶつっ、という音が聞こえた気がした。

「……何か聞こえなかったか？」

ヴィルフリートがいぶかしげにつぶやくのと、フレッドに向かって本が続けざま三冊飛んだのはほぼ同時だった。

近くにあった壺《つぼ》をつかみ、勢いよくふりあげる王女を見て、ミレーユの顔から血の気が引く。

(やっぱり来た――――!!)

ひらりと本をよけたフレッドは、心外だという顔で王女に訴《うった》えた。

「なぜですか、この仕打ちは。ぼくは殿下が妖精になれるよう、少しでもお手伝いができればとただその一心で――」

「おだまり!! 二度とその減らず口をたたけないようにしてあげるわ!」

気合いの入った叫びとともに壺を投げつけたセシリアは、目に付いたものを手当たり次第《しだい》にぶち投げ始めた。壺が砕《くだ》け、窓が割れ、燭台《しょくだい》は壁《かべ》に刺《さ》さり、部屋はみるみるうちに悲惨《ひさん》な状況《じょうきょう》を呈《てい》していく。

(ああもうフレッドのバカ――――!!)

このままでは命が危ない。ミレーユは隣《となり》にあった手をつかむと涙目で部屋を飛び出した。


ついさっきまでセシリアとこもっていた小部屋に駆《か》け込み、扉《とびら》をきっちり閉めると、ミレーユはへなへなと座り込んだ。

王女の癇癪《かんしゃく》には何度遭遇《そうぐう》しても慣れるということがない。恐《おそ》ろしさで心臓が縮み上がるような感覚がする。

「大丈夫《だいじょうぶ》か？」

気遣《きづか》ってくれる声に、なんとかうなずく。とっさに手を引いて逃《に》げてきたが、ヴィルフリートにもどうやら怪我《けが》はないようだ。

「驚《おどろ》くのも無理はない。セシリアのあれは侍女《じじょ》たちでさえ恐れるからな。きみのような深窓の令嬢《れいじょう》にとってはさぞ恐ろしかったことだろう」

「いえ……、あの、ごめんなさい。うちのフレッドがいつもご迷惑をかけているんですよね。本当に申し訳ありません。あの子ったら、ほんとに限度を知らないお調子者で……」

深窓の令嬢と評された理由はわからなかったが、ミレーユはしおしおと頭をさげた。この分では彼にも迷惑をかけてきたようだと思ったからだ。

だがヴィルフリートからは意外な答えが返ってきた。

「きみが謝ることはないと思うが……、さっきのあれを気にしているのなら、まあ気にするなとしか言えんな。あれはセシリアの鬱屈《うっくつ》を抜《ぬ》くためにフレデリックがわざと怒《おこ》らせているのだから」

「え……？」

隣の部屋からはいまだ壮絶《そうぜつ》な物音が聞こえているというのに、あまり妹のことを案じている様子はない。セシリアに関心がないというわけではなさそうだし、とすると意外にフレッドを信用しているのだろうか。

（確かにセシリアさまのお立場からするとかなり鬱屈はためてらっしゃる気はするけど、でもほんとにあれで抜けてるのかしら？　かえって溜《た》まってるんじゃ……）

扉に何かぶつかったのか、すさまじい音が響《ひび》く。攻撃《こうげき》をしている側もされている側も両方心配になったが、今出ていっては確実に命が危ない。

「——またグリンヒルデに来ていたのだな」

ヴィルフリートがぽつりと言い、ミレーユは顔をあげた。そういえば挨拶《あいさつ》もまだだった。相手はパンを絶賛してくれた大恩人だというのに。

前回会ったとき彼はパンを誉《ほ》めてくれたが、やはり一応謝っておくべきだろうか。お世辞だったという可能性もあるにはある。

悩んでいると、相手も同じように苦悩《くのう》の顔つきで口をひらいた。

「実はな……、あれから毎晩のようにきみの夢を見ている」

思いがけない告白に、ミレーユは目を丸くした。

「あたしの夢を？　どうしてですか？」

「わからん……。供の者は、きみにとり憑《つ》かれているのではなどと無礼なことを言うが、僕にも理由が思い当たらない。いろいろ文献《ぶんけん》をあさってみたが結局答えは見つからなかった」

ふう、とヴィルフリートはため息をつく。ミレーユは訝《いぶか》しげに彼を見つめたが、やがてはっと口元をおさえた。

（まさか……パンの副作用……!?）

大変なことになった。無意識とはいえ、まさか王子を夜毎《よごと》悩ませる悪魔《あくま》のパンを製造していたなんて。しかも恩人の彼をそんなに苦しめていたとは。

「す、すみません、ごめんなさい。あたしのせいなんです」

恐ろしさと申し訳なさで震えながら打ち明けると、王子は少し焦《あせ》ったように目を瞬《またた》いた。

「い、いや、違《ちが》う。断じてきみのせいではない」

「いいえ、全部あたしが悪いんです。あたしがあんなものを殿下《でんか》にさしあげたから……」

「違う、これはただの気の迷いだ！　やつがきみに似ているせいで必要以上に気になっているだけだ。身体《からだ》が妙《みょう》にやわらかかったのも気のせいだ。背が縮んだように見えたのも、良い匂《にお》いがしたのも、見ているだけで動悸《どうき》が走るのも、全部まとめて気のせいなんだ……」

ヴィルフリートは脂汗《あぶらあせ》を浮《う》かべ、ぶつぶつと呪文《じゅもん》を唱えるようにつぶやきはじめる。明らかに様子がおかしい。ミレーユはますます浮き足立った。

「ど、どうしよう……、しっかりしてください！　すぐにお医者様を呼んできます！」

「よせ、医者はやめろ！　病名を見破られたらどうするんだ！」

なぜか慌《あわ》てたようにヴィルフリートはミレーユを引き止めた。つかんだ腕《うで》に気づき、急いで手を離《はな》す。彼の額にどっと汗《あせ》が浮いた。

「い、言っておくが、僕は横恋慕《よこれんぼ》などという不埒《ふらち》な振《ふ》る舞《ま》いは大嫌《だいきら》いだ。神に誓《ちか》って、そんな真似《まね》は絶対にしない……！」

まるで自分に言い聞かせるようにひとりごちながら、よろよろと後退《あとじさ》る。そこへちょうど向こう側から勢いよく開いた扉が、彼の後頭部を直撃《ちょくげき》した。

「――っ!!」

「ああっ!」

「あれ? すみません。当たっちゃいましたか?」

フレッドののん気な顔が隙間《すきま》からのぞく。王女の嵐《あらし》は収まったのか扉の向こうは静かだ。

ヴィルフリートが頭をおさえてしゃがみこんだので、ミレーユは慌てて駆け寄った。

「大丈夫ですか!?」

王子の頬《ほお》はうっすら上気している。もしや熱まで出てきたのかとのぞきこむと、彼は顔をひきつらせ、不意に口元へ手をやってうめいた。

「頼《たの》むから、あまり近くへこないでくれ……。症状《しょうじょう》が悪化する……」

指の隙間から、たらりと血がこぼれる。ひぃっ、とミレーユは息をのんだ。

「ヴィルフリートさま、しっかりしてください! 誰か、早くお医者様を呼んで――――!!」

動転して半泣きになる妹と、はからずも膝枕《ひざまくら》されてぐったりしている王子を見比べ、フレッドはふむ、と顎《あご》に手をやった。

なんとなくこれまでの王子の行動の理由がわかったような気がした。やたら跡をつけられたり、間近で凝視《ぎょうし》されたり、温泉に行こうと誘《さそ》ってきたりしたのは、もしや――。

(だからいちいち鼻血を出してたんだな……)

やけに血の気が多いと思ったらそういうことだったのか。その度《たび》に医師を呼びに行かされたこの三ヶ月間の苦労を思い返し、フレッドは遠い目になってうなずいたのだった。

翌日。午後も遅《おそ》くになってから、ミレーユは白百合のサロンを訪《おとず》れた。

午前中は多忙《たぼう》だった。ヴィルフリートの見舞《みま》いに行ってみたが、病気ではないから心配するな帰れと追い返され、セシリアに勧《すす》められるまま監視《かんし》役の侍女と一緒《いっしょ》に街へ毛糸を買いに行き、それからリディエンヌの宮殿《きゅうでん》で編《あ》み物に励《はげ》み——。

時間が空《あ》いたのでセシリアに暇《ひま》をくれるよう申し出てみたところ、監視付きならということで許しが出た。思えば王宮へ行こうと最初に思った目的は彼らに謝罪するためだったのだ。

薄《うす》く扉を開くと、むんむんとした熱気が野太い声とともに廊下《ろうか》へ流れでてくる。眉根《まゆね》寄せてそれに耐《た》えつつミレーユは中を見回した。

視界に入ってくるのは上半身裸《はだか》の筋肉ばかりだ。片手腕立て伏《ふ》せの回数を競《きそ》う三人を周囲の輩《やから》がはやしながら眺《なが》めている。

（……相変わらず暑苦しいわね……）

あまりのむさ苦しさにげんなりしていると、扉の隙間からぬっとセオラスが顔を出した。

「ぎゃーびっくりしたあ!!」

「いや、こっちがびっくりだっての」

呆《あき》れたように言って扉を開くと、まじまじとミレーユを見下ろす。

「今日はどうした、女装なんかして」

「……悪かったわね、似合わない恰好《かっこう》してて」

女なのに女装というのも失礼な話だが、華麗《かれい》な衣装にいかにも『着られている』自分の姿を顧《かえり》みると、その表現もあながち間違《まち》ってはいないような気もする。

「……ちょっと、いい？」

あらたまったように室内へと目をやるミレーユを見て、セオラスは不思議そうな顔で中へうながした。

腕立て伏せに興じていた騎士《きし》たちが、こちらに気づいてわらわらと寄ってくる。

「おー、お嬢《じょう》じゃん」

「元気だったかー」

「なかなか遊びにきてくんねーから、寂《さび》しかったんだぜ」

「うん……。ごめんね、ほんとはもっと早くに来るべきだったんだけど」

ミレーユは悄然《しょうぜん》と目を伏せた。筋肉もりもりで暑苦しいが気の良い連中であることには違《ちが》いない。そんな彼らを故意でないとはいえまずいパンを押し付けて泣かせてしまっていたなんて。恥《は》ずかしいやら申し訳ないやら、穴があったら入りたいくらいだ。

「今日はね、みんなに謝りにきたのよ」

「謝りに……？」

いつもと調子の違う隊長代理を見て、騎士たちは不思議そうに目を見交《みか》わす。

「聞いてるかもしれないけど……、あたし、実家のパン屋の跡取《あとと》りを決める勝負に負けたの。それで初めて自分のつくるパンがまずいんだって知ったのよ。それまでは知ろうともしなかったの。自分の力を過信して、まずいパンを周りに押し付けてきただけだったんだってやっとわかったの。思えばあんたたちはあんなに苦しんでたのに、こいつら舌まで筋肉になってるんじゃないかなんて失礼なことを考えてた。本当にごめんなさい」

そんなこと思ってたのかよと騎士たちは突《つ》っ込みたかったが、こうまで下手《したて》に出られたのが初めてということもあり、大人《おとな》しく話に聞き入った。

「もうパンは二度と作らないし、あんたたちを苦しませることもしないわ。だから安心して」

「お嬢……」

殊勝《しゅしょう》な態度と言葉に、彼らはついほだされた。

「元気だせよ。まだ若いんだから、これからいいこともあるさ」

「そうだよ。しょげてるなんてお嬢らしくないぜ」

「まあ、あのパンもある種の才能っていえなくもない代物《しろもの》だったし」

「なんか拳《こぶし》がきいてる感じで、あれはあれでアリだったよな」

「今となっちゃ懐かしいっつーか、もう一回くらい食ってみたかった気がしないでもないっつーか」

「そうそう、くせになる味だったよなー」

もう二度と口にする危険がないと知るや、彼らは安心して心にもないなぐさめを述べた。

「みんな、ありがとう。そう言ってもらえるとちょっと気が楽になったわ」

「おう、気にすんなって」

「それでね、お詫《わ》びってわけじゃないんだけど、これ……」

大事に抱《かか》えていた包みを解《ほど》き、紙袋《かみぶくろ》を取り出す。どこかで見たような袋だなと、騎士たちは笑顔《えがお》のまま首をかしげてそれを見た。

「あたしが焼いたビスケットなの。よかったら、みんなで食べて」

ぴーん、と部屋の空気が張りつめた。

予想外の出来事に、彼らは笑みを張り付かせたまま蒼《あお》ざめた。

(おいおいおいおい。どういうことだ、これ)

(わざとなのか？　それとも天然？　俺たち試《ため》されてるの？)

(つーかそれ、お詫びじゃなくて新たな嫌《いや》がらせじゃ……)

(しっ、バカ聞こえるぞ！)

心の声で会話しながら目配せし合う彼らを、ミレーユは訝《いぶか》しげに眺める。しかしいつになっても誰も口を開かないのを見て、はっとしたように紙袋を見下ろした。

「そ、そうよね、あたしが作ったものなんか、もう口に入れたくないわよね」

「いや、そんなことねーって！」

落ち込むのを見かねて、思わずのようにハミルが叫《さけ》ぶ。彼は隊内でも有数の強面《こわもて》だったが、実は小動物や草花を愛《め》でるのが大好きな心優しい男でもあった。目の前で彼にとって小動物に等しい少女がしょげているのを見て黙《だま》っていられなかったのだ。

「え……食べてくれるの？」

「あっ、当たり前だろっ」

「無茶すんな、ハミル！」

たまらず数人が止めたが、ハミルは男の意地を見せた。

彼はミレーユの差し出す紙袋からビスケットをひとつつまむと、悲壮《ひそう》な顔で口へ放り込んだ。がりごりと壮絶《そうぜつ》な音をたてて噛《か》み砕《くだ》くのを周囲の騎士たちは涙目《なみだめ》で見守る。彼の元気な姿を見るのはこれが最後かもしれないのだ。しっかりと目に焼き付けておかねば――。

だが、勝手に脳内で縁起《えんぎ》の悪い末路をたどらされていたハミルは、ふいにカッと目をむいて叫んだ。

「あれ？　これおいしいよ⁉」

いつもと様子の違う彼に、騎士たちは目を瞬《またた》かせた。

「おい、どうしたんだ。おかしいぞ」

「やっぱり入ってたんだよ……何か毒的なものが……」

「ほんとうだよ、おいしいよ！」

「ああっ、ハミルが無邪気《むじゃき》な子どものような笑顔に」

「ちょ、俺はいいって、いらねーって！　まだ死にたくねっ……むほ」

「やべー、アイザックがやられた！」

サロンは混沌《こんとん》に陥《おちい》った。騎士たちはハミルによって次々にビスケットを口に押し込まれていく。だがパンの時と違《ちが》うのは、その後の彼らの反応だった。

「……なんか、普通《ふつう》にうまくねーか？」

死を覚悟《かくご》してもぐもぐと咀嚼《そしやく》していた彼らは、奇妙《きみよう》な顔をして目を見合わせた。

「うん。うまい。かなりうまいよ」

「ほんと？　あたし、ビスケットはちょっと苦手で……。うまく焼けたかあんまり自信なかったんだけど」

「……」

心なしかうつむくミレーユを見て、騎士たちの目に熱い涙がこみあげた。ビスケットは普通に作れるのに、パンを作れば殺人兵器になってしまうパン屋の跡取り娘《むすめ》――。

「かわいそうに……」

「すごくかわいそうだ……」

「パンの神様に見放されて生まれてきちゃったんだな……」

セオラスが涙ぐみながら号令をかける。

「よっしゃ、今日はこれからビスケット祭だ！　とりあえずお嬢を胴上《どうあ》げしとこうぜ！」

「おー！」

「い、いや、胴上げはいいから！　気持ちだけで！」

涙目の男たちに取り囲まれ、ミレーユは少々引きつりながら叫んだ。感動している彼らには悪いがあの肉体派な歓迎《かんげい》は金輪際《こんりんざい》お断りしたい。それに他《ほか》にも確かめることがあるのだ。

「……あの、リヒャルトってどこにいるか知らない？　マリルーシャさまのところには来てないみたいなの」

「あいつなら隣《となり》で寝《ね》てるぞ」

「寝てる？」

「ああ。公女殿下《でんか》に夜もかまわず遊びにつき合わされて寝る時間もないってんで、陛下が見かねて公女をお諫《いさ》めになったんだ。それでようやく十日ぶりくらいに休みをもらったんだよ」

「そう……」

疲《つか》れているように見えたのは目の錯覚《さっかく》ではなかったのだ。そんなに大変なときに八つ当たりしてしまったことをミレーユは反省したが、ふと手元の包みを見下ろして気がつく。

これは願ってもない好機ではないだろうか。眠《ねむ》っている間に体格測定ができるならこんなに楽なことはない。

「ね、他にも誰かいるの？」

「いや、ひとりだけ。夜這《よば》いかけるなら今だぞ」

「……そうね」

睡眠《すいみん》中なら薄着《うすぎ》だろうし、正確な体形が測れるかもしれない。

ミレーユはあたりを見回し、騎士たちがビスケット祭に気をとられているのを確認《かくにん》すると、セオラスにひそひそと耳打ちした。

「誰も入ってこないでよね。のぞいたりしたらぶっ飛ばすわよ」

「あ……ああ」

軽口に怒《おこ》るどころか肯定《こうてい》したうえ、どうやらやる気満々らしいミレーユを見て、セオラスは若干動揺《じゃっかんどうよう》した。

「あの……気をつけてやれよ……？」

「やあねえ、そんな大げさな。──あ、このこと誰にも言わないでね。特にうちのパパとフレッドには」

リヒャルトにショールを編んでいるなどと知られたら、我も我もの大合唱が起こるに決まっている。ただでさえ苦戦しているというのに短期間にそう何人分も編み上げられるわけがない。

「言わねーよ……。知られたらリヒャルトは間違《まちが》いなく抹殺《まっさつ》されるからな」

絶対に知られるわけにはいかないのだ。

「ありがとう。じゃあね」

笑顔で礼を言ってミレーユは扉《とびら》を開けた。こそこそと周囲をうかがい、緊張《きんちょう》の面持《おもも》ちで仮眠《かみん》室へと向かうのをセオラスは呆然《ぼうぜん》として見ていたが、

「お嬢《じょう》も成長したな……。なんか感無量だぜ」

遠い目をして嘆息《たんそく》するとビスケット祭へと戻《もど》っていった。

一方、誤解されたことにも気づかず、ミレーユは仮眠室への潜入《せんにゅう》に成功していた。

最奥《さいおう》の寝台《しんだい》に標的を確認し、動悸《どうき》が速くなる。

別に悪いことをしているわけではないのだからそうびくびくすることはない。もっと堂々と用を済ませ、すみやかに退室すればいいのだ。

忍《しの》び足で目的地に到達《とうたつ》すると、汗《あせ》をぬぐって息を整え、のびあがって寝台をのぞきこむ。

カーテンが引かれた室内は昼間というのに薄暗《うすぐら》い。それをいいことにまじまじとリヒャルトの寝顔《ねがお》を見つめた。

普段《ふだん》はにこにこしていることが多い彼だが、あらためて観察してみると、端整《たんせい》な造りをしているのだということを思い知らされる。――少なくとも、あの公女がのぼせあがるくらいには。

（……本当に、一緒《いっしょ》にシアランへ帰っちゃうのかしら）

セシリアのことを思えばもちろんだが、ミレーユ個人としても帰ってほしくはなかった。ただでさえ今でも離《はな》れた場所に住んでいるのに、彼がシアランへ行ってしまえば何の接点もなくなってしまう。もしかしたらもう会えなくなるかもしれないのだ。

（それにしてもあの公女様、ちょっとリヒャルトが恰好《かっこう》いいからって、シアランに連れて帰ろうなんて考えなくてもいいじゃない。外見で男を選ぶとろくなことにならないってシェリーおばさんも言ってたわ。いや、そりゃリヒャルトが恰好いいのは認めるけど……）

鼻筋や顎《あご》の線の精悍《せいかん》さに、彼は大人《おとな》の男の人なのだと今さらのように気づかされる。ここに寝ているのが自分の知っているリヒャルトとは別人のような気がしてきて、ミレーユは慌《あわ》てて目をそらした。

(いけない、見惚《みと》れてる場合じゃなかった。早いとこ済ませて帰らなきゃ)

急いで包みを開き、計測用の紐《ひも》を取り出す。が、広げようとしたとき、肘《ひじ》が枕元《まくらもと》の台にあった水差しに当たってしまった。

(ああっ!)

派手な音が床《ゆか》で砕ける。それをまずいと思う間もなくリヒャルトががばっと起き上がったので、ミレーユは文字通り飛び上がった。

「きゃあああごめんなさいっ! ちょっと通りかかっただけなの、あやしい者じゃないわっ。寝顔の観察とかも別にしてないし、もう忍び込んだりしないから怒らないで!」

しどろもどろで言い訳しながら思わず身体《からだ》を縮こませる。だがいくら待っても反応がないので、おそるおそる顔を向けてみた。

身体を起こしたリヒャルトは、前髪《まえがみ》をかきあげるようにして片手で頭を抱《かか》えている。息づかいが乱れ、どこか苦しそうな表情だ。

「あの……、大丈夫《だいじょうぶ》?」

強制的に起こしてしまったせいで寝覚《ねざ》めが悪いのだろうか。それとも、十日ぶりの休息を邪《じゃ》魔《ま》されてものすごく怒っているのか。

責任を感じてうろたえながら肩《かた》にふれると、彼は黙《だま》ったまま顔をあげた。

おもむろに腕《うで》をのばし、もたれるようにして身体を寄せてくる。倒《たお》れそうになるのを支えようとしたら、その手をつかまれて引き寄せられた。

一瞬《いっしゅん》状況《じょうきょう》がわからなかったが、背中に腕を回されたのを感じてさすがに頰《ほお》が熱くなる。

「ちょっ……、違う、枕《まくら》じゃない！　ねえ待ってってっ、間違えてるってば！」

自慢《じまん》じゃないが家族以外の男性に抱《だ》きつかれたことなど事故以外ではまず経験がない。じたばたともがくが、寝ぼけている人間の力は存外強いものらしく、リヒャルトは腕をゆるめるどころかいっそう力を込めてミレーユを抱きすくめた。

「リヒャルト、やめっ……」

混乱するのと苦しいのとで酸欠寸前になる。

何とすさまじい寝ぼけっぷりだろう。しかも男装しているときならともかくそこそこ肌《はだ》の開いたドレス姿のときに抱きつくとは、間が悪いにもほどがある。こちらの心臓にどれだけ負担をかければ気が済むのか。

ここは罵声《ばせい》をあびせて張《は》り倒すのが正しい乙女《おとめ》としての対応だろうが、彼がいつも品行方性であるため怒るに怒れず、こんな事態に免疫《めんえき》もないため、どうしたらいいのかわからない。

リヒャルトは青白い顔をしてミレーユの肩口《かたぐち》でうつむいている。困り果てて目線をおろしたが、彼の表情がひどく弱々しく見えて急に心配になってきた。

「具合が悪いの？　それとも怖《こわ》い夢でも見た？」

「………」

無言のまま彼は嘆息する。どうしたものかとミレーユはしばし思案したが、結局おずおずと手をのばし、彼の頭をなでてみた。

子どもの頃《ころ》、怖い夢を見て泣きながら目が覚めたとき、いつも誰かがこうして頭をなでてくれた。それは母であり、祖父であり、ときには兄であったが、自分は決まっていつも甘える側だった。誰かをこんなふうになぐさめたことなどない。

不思議な気分だった。自分より年上で、身長だってはるかに高い大人の男の人を、まるで自分が守っているかのような感覚がする。ありえないほど密着して、心臓がうるさいくらい騒《さわ》いでいるのに、心地《ここち》いいような気さえしてくるなんて。

(……きれいな髪)

明るい茶色の髪がさらさらと指の間からこぼれ落ちる。普段なら何とも思わないようなそんなことでなぜかますます動悸が激しくなり、ミレーユははっと我に返った。

(いいいいや、やっぱり、こんなのいけないわ。あたしたち別に恋人《こいびと》でも夫婦でも何でもないんだから、こんなにくっついてちゃだめよ)

腕が少しゆるんだのをいいことに離れようと試みる。だがリヒャルトは手をつかんで、ぐいと引き戻した。

「サラ……」

ふたたび抱き寄せると同時に、小さなつぶやきが彼の唇《くちびる》からもれる。

(…………え?)

抱き枕にされたまま、ミレーユは目を瞠《みは》って彼を見下ろした。

第三章　怪盗VS身代わり伯爵

「マリルーシャさま、ラドフォード卿《きょう》がお戻りになりました」

待ちわびた報《しら》せが入り、寝台にねそべっていたマリルーシャは目を輝《かがや》かせて起き上がった。

寝間着《ねまき》のままでいるのを見て侍女《じじょ》たちは焦《あせ》った顔で止めたが、それを無視して寝室《しんしつ》を出る。

どうせ彼は寝間着姿を見たところで顔色ひとつ変えはしないのだ。

「会いたかったわ、リヒャルト。随分遅《ずいぶんおそ》いお帰りね」

居間へ入っていくと、彼はふりむいて微笑《ほほえ》んだ。それだけで、一体誰に対してなのか勝ち誇《ほこ》った気分になる。

「申し訳ありません。王太子殿下《でんか》のもとへ行っておりました」

「またなの？　本当にあなたは王太子殿下と仲良しね。いつも呼び出されて行ってしまうけれど、一体何をしているの？　実は別の誰かと逢瀬《おうせ》を楽しんでいるのじゃなくて？」

探《さぐ》るように見つめたマリルーシャは、やがてくすくすと笑いをこぼした。

「まあいいわ。今日はあなたがいなくてつまらなかった。宴《うたげ》の誘《さそ》いもぜんぶお断りして、あなたが帰ってくるのを待っていたのよ。次からは休息をとりたいならわたくしに言いなさい。いつでも寝台を提供してあげるから」

悪戯《いたずら》っぽく笑って、彼女はリヒャルトの腕を引いた。

「ねえ、来て。約束通りあれを見せてあげる」

「……お話ならここでうかがいます」

寝室へ向かおうとするのに気づき、リヒャルトはやんわりと断った。

「わたくしが許すと言っているのよ。遠慮《えんりょ》しなくてもいいわ」

「いえ、そういうわけには」

「マリルーシャさま」

侍女たちが困ったようにたしなめる。彼女らは、隠棲《いんせい》先から帰還《きかん》したマリルーシャのために国王が付けた王宮の女官たちだ。公女の奔放《ほんぽう》なわがままに困り果てていたが、マリルーシャのほうも口うるさく堅苦《かたくる》しい彼女らをよく思ってはいなかった。

「この宮殿《きゅうでん》の主《あるじ》はわたくしよ。従えないのなら皆《みな》出て行きなさい」

冷ややかに命じると、侍女たちはいっせいに目を伏《ふ》せる。そうやって黙らせるのが快感になりつつあるのを公女は自覚していた。

「リヒャルト、あなたはわたくしの言うことを聞いてくれるわよね？　わたくしの騎士《きし》になるんだもの。そうでしょう？」

「——公女殿下《でんか》。騎士は主の寝室には立ち入りません。それは侍従《じじゅう》や侍女の領域ですので」

重ねて断られ、マリルーシャはむっと眉根《まゆね》を寄せた。いつもは優《やさ》しい彼もこういうところは頑固《がんこ》になる。そんな時に食い下がっても無駄《むだ》だと彼女は学習していた。

「わかったわ、ここへ持ってきてあげる。でもあなたたちは邪魔よ。皆出て行って」

八つ当たりされた侍女たちが顔を見合わせる。マリルーシャは嫌味《いやみ》をこめて続けた。

「ここでなら、ふたりきりになっても構わないのでしょう？　ああ、それとそこに生《い》けてあるのはバルアー伯爵が贈《おく》ってきた花ね。すぐに捨ててちょうだい。匂《にお》いがきつくて嫌《きら》いなの」

言い捨てると、彼女は寝室へ入っていった。退室を命じられた侍女たちが呆《あき》れたようにささやきあう。

「嫌いですって。百合《ゆり》はシアランの国花でしょうに……」

「お若いからでしょうけど、あまりに自覚がないわね」

これ以上責められる前にと侍女たちは足早に出て行く。百合の生けられた花瓶《かびん》が運ばれていくのを、リヒャルトは無言で見送った。

きらびやかな装飾《そうしょく》の箱をかかえてマリルーシャが戻《もど》ってくる。彼女が得意げに開けたそれには、布にくるまれた首飾《くびかざ》りが入っていた。青い石が三つ連なった豪奢《ごうしゃ》なものだ。

「ね、きれいでしょう？」

その海のように深い青に、リヒャルトはじっと目を落とした。

「はい。――とても」

つぶやくように答える横顔をマリルーシャはうっとりと眺《なが》める。彼の腕にさりげなく自分の腕をからめ、甘えるように見上げた。

「あなたが宝石に興味を持っているなんて、なんだか意外だわ。そんなに気に入った?」

「昔から青には特別な思い入れがありまして」

「じゃあ、あなたにあげてもいいわ」

視線がこちらを向く。マリルーシャは満足気に微笑んだ。

「……御母君の形見では」

「宝石なら他《ほか》にもたくさん持っているし、わたくしは別に構わないわよ。あなたは大公の騎士になるんだから、これを持っていたら箔《はく》もつくでしょう?」

リヒャルトは静かに微笑を返すと、それには答えず話を変えた。

「今日はエレノア女史をお見かけしませんが、どちらへ?」

「ちょっと出かけているの。あなたが今日一日休みだと聞いて油断したみたいね。エレノアったら四六時中そばにいるんだもの。これにも目を光らせているし、なかなか見せてあげられなくてごめんなさいね」

「いえ。お気遣《きづか》い、恐《おそ》れ入ります」

穏《おだ》やかに答え、リヒャルトは青い石に目を戻した。

前シアラン大公妃《ひ》の形見、『海のしずく』と呼ばれる秘宝——。

七年前、持ち主とともに闇《やみ》に葬《ほうむ》られたはずのそれは、昔と変わらない輝きでリヒャルトを遠い過去へといざなった。

喧騒《けんそう》が大きくなった気がして、ミレーユはふと顔をあげた。

窓の外はもう夜の闇に沈《しず》んでいる。王宮を出た馬車は、一路《いちろ》都の歓楽《かんらく》街へと向かっていた。つかず離《はな》れずの距離《きょり》を保って先を行く馬車には、セシリアに調査を頼《たの》まれたエレノアという侍女が乗っている。女官《にょかん》に扮《ふん》してマリルーシャの宮殿に潜入《せんにゅう》し、ちゃんと顔を確かめて尾行《びこう》してきたのだから間違《まちが》いはない。

(なんだかこそこそしてたみたいだけど、こんな時間にひとりでどこに行くのかしら)

馬車は都の目抜《めぬ》き通りを走っている。グリンヒルデでもっとも賑《にぎ》やかな区域といっていいだろう。いわゆる『夜の街』だ。公女の侍女がそんなところに何の用事だろうとは思ったが、考えたところでわかるはずもない。気を取り直して作業を続けることにした。

小さな蠟燭《ろうそく》をひとつ点《つ》けただけの馬車の中。薄暗《うすぐら》くてろくに手元も見えはしなかったが、まだまだショールには程遠《ほどとお》いとはいえ、少しずつ毛糸が編まれて形になっていく。初心者が今日から編み始めたにしては上出来だろうと思いつつ、ミレーユは黙々《もくもく》と編み棒を動かした。

行き過ぎる喧騒を聞いていると、王宮を出るときに遠くから響《ひび》いていた宴の音楽が耳によみがえる。

聞くところによれば、現在王宮では一部の若い貴族たちがマリルーシャ公女を歓迎《かんげい》するため連日のように宴を開いているという。次代の女大公になる姫《ひめ》に取り入っておこうという魂胆《こんたん》だろうか。

前回、王宮に呼ばれたときも同じようなことがあった。あの時王宮にいたのはコンフィールド公国のシルフレイア姫だったが、彼女のもとにも大勢の紳士《しんし》淑女《しゅくじょ》が訪れていたものだ。

ただ、シルフレイアからは真摯《しんし》に国のことを考えているのが伝わってきたのに、マリルーシャからはそれがいまいち感じられない。本人とそれほど面識がないのにこんなことを思うのはいけないことなのだろうが、毎晩宴の主役となって騒《さわ》いでいると聞くと、正直なところあまり良い印象は持てなかった。

（まあ、そういうのが貴族の世界の情報交換《こうかん》の場っていうか、コネを作ったりする場なんだろうけど。でもそれにリヒャルトまで巻き込むことないじゃない。関係ないのに、かわいそうよ。十日ぶりにまともに寝《ね》たって、一体どれだけこき使ってるわけ？　おかげであたしは抱《だ》き枕《まくら》にされて、あやうく窒息《ちっそく》するところだったんだから……）

ぶつぶつと愚痴《ぐち》をつぶやいていたミレーユは、ふと指を止めた。

抱きしめられたとき、彼がため息のようにつぶやいた名前が耳元によみがえる。

（……サラって誰なのかしら……）

少なくともミレーユの知っている女性の中にそんな名前の人はいない。動揺《どうよう》しすぎて周囲に探《さぐ》りを入れる余裕《よゆう》もなかったが、たとえ冷静だったとしても調べる勇気は出なかっただろう。

もしも――――『サラ』というのが彼の恋人《こいびと》の名前なら、ショールを編んでいる自分は途方《とほう》もなく料簡違《りょうけんちが》いなことをしているのではないだろうか。

（いや、あたしはそういうつもりでやってるわけじゃないけどっ。でも、もし他にくれる人がちゃんといるなら、あたしがあげたら困っちゃうわよね、きっと……）

日頃《ひごろ》のお礼をこめて、という名目のもと編み始めたが、はたしてこれを完成させてもよいものか正直ちょっと迷っている。

難しい顔でため息をついた時、ゆるやかに馬車が止まった。

「──あちらさん、馬車から降りましたぜ」

覗《のぞ》き窓《まど》が開いて御者《ぎょしゃ》のヨハンが顔を出した。別邸《べってい》の使用人である彼はいつもフレッドの夜歩きにお供しているらしく、今回の尾行にも文句ひとつなく付き合ってくれている。

「ありがとう。──追いかけてみるから、ヨハンはここで待ってて」

馬車を降りるなり駆《か》け出そうとしたミレーユを、ヨハンは慌《あわ》てた様子で止めた。

「いや、それはまずいっす。敵さんが入ってったのはルーヴェルンなんすよ。お嬢《じょう》さんをひとりで行かせたとあっちゃ、俺っちの首が飛びます」

「もしそうなったら、あたしが責任持ってパパを説得するわ。それでもだめならうちのパン屋で雇《やと》ってあげるから」

「パン屋っすか……？」

「なによ、嫌《いや》なの。パン屋をなめちゃいけないわよ。もしこの世からパン屋がなくなったらどんな恐慌《きょうこう》状態に陥《おちい》ると思ってんの？　それこそ世界は阿鼻叫喚《あびきょうかん》に──」

「あっ、敵さんがルーヴェルンの門をくぐりましたぜ！」

ヨハンの指摘《してき》に、ミレーユは急いでそちらへ目をやった。パン職人の矜持《きょうじ》を刺激《しげき》されている場合ではない。今の自分は王女の極秘任務を帯びた密偵《みってい》なのだ。

「とにかく行くわ。ヨハンも気になるなら一緒《いっしょ》に来て！」

緊迫《きんぱく》した顔で言い放つと、ミレーユは足早に標的の後を追った。そんな無茶なと言いたげにしながらも、ヨハンは慌てて通行人を呼びとめ、馬車の管理を頼んで駆け出した。


グリンヒルデ随一《ずいいち》の歓楽街『ルーヴェルン』。

四方を門で囲まれた一帯には、酒房《しゅぼう》や茶店、食堂、娼館《しょうかん》などが建ち並ぶ。街の特性からして当然と言うべきか、娼婦《しょうふ》以外でこの時間にドレスを着て歩く若い娘《むすめ》はあまりいない。

一応外套《がいとう》を被《かぶ》ってはいるが人目を集めているのは認めざるをえなかった。まさかエレノアがこんなところに来るとは思わなかったので服装への気配りが甘くなっていたのだ。

(明日からはもっと地味な恰好《かっこう》でやろう)

反省点を胸に刻み、気を取り直して前を向く。ショールにくるまり顔を埋《うず》めるようにして歩くエレノアは、しっかりとした目的地があるようで足早に進むのをやめない。明らかに娼館の建ち並ぶ一角《いっかく》へ向かっているのに気づき、ミレーユは眉根《まゆね》を寄せた。

(茶店や酒房ならともかく、どうして……)

「——どけっ！」

乱暴な怒鳴《どな》り声が思考をやぶった。

悲鳴があがる中、ひとりの男が人波をかきわけるようにして走ってくる。こちらを突《つ》き飛ばしかねない勢いで目の前を駆け抜《ぬ》けていくのを何事かと見ていると、追うようにして老人がよろよろと人ごみから出てきた。

「誰か、つかまえてくれ！　ひったくりだ……！」

息もたえだえに言うと、力尽《ちからつ》きたのかその場にへたりこむ。ミレーユは慌てて駆け寄った。

「大丈夫《だいじょうぶ》ですか⁉」

「う……」

胸を押さえて苦しげに顔をあげたのは、白い髭《ひげ》をたくわえた小柄《こがら》な老人だ。額に汗《あせ》を浮《う》かべ、ミレーユを見て途《と》切《ぎ》れ途切れに訴《うった》える。

「財布……ひったくられて……っ、孫に、土産《みやげ》を……」

一瞬《いっしゅん》で事情を察し、ミレーユはきびきびと言葉を継《つ》いだ。

「わかったわ、まかせて！　ヨハン、この人をお願い」

「へ⁉」

靴《くつ》を脱《ぬ》ぎ捨て、服の裾《すそ》を持ち上げて足音を出すのを見てヨハンが顔を赤らめる。

「な、なんつう恰好を」

「ごめん、ちょっと目をつむってて！」

「いや、そういう問題じゃないっす……って、お嬢さん⁉」

ヨハンの悲鳴のような声を背に、ミレーユは猛然《もうぜん》と走り出した。

ている。

「そこのひったくり、待て――――――!!」

ドレスの裾をひるがえし裸足《はだし》で爆走《ばくそう》する若い娘を見て、行き交《か》う人々は何事かと目を丸くし

そんな通行人には目もくれず、ミレーユはひたすら灰色の服を着た背中を目指した。

人ごみの中にまぎれこもうとしていたひったくり男が、ちらりと後ろをふりかえる。追っ手がかかったのが予想外だったのか慌てた様子で進路を変えた。通りをそれて脇道《わきみち》に入る。

今こそ好機だ。ミレーユは思い切り右手をふりかぶった。

「待てって……言ってんでしょおがあっ！」

叫《さけ》ぶと同時に持っていた靴を投げ放つ。それは見事に男の背中に当たったが、敵もしぶといもので足を止めようとはしない。

「待ちなさい！　待たないと次は脳天にぶち当てるわよっ！」

警告も効果がなかったので、ミレーユはもう一度腕《うで》をふりかぶった。

飛んでいった靴は男の頭をわずかにそれ、はるか先へと消えていく。ミレーユの舌打ちと男の悲鳴が重なった。

やがて脇道を抜け別の通りに出た。また人ごみにまぎれられては困る。雨戸を閉めるための棒が立てかけてあるのを見つけたミレーユは、とっさにそれをつかんだ。

「おじさん、ちょっと借りるわね！」

屋台の店先にいた店主がぽかんとしてそれを見送った。驚《おどろ》いているのは彼だけではないようで、鬼気迫《ききせま》る追いかけっこをくりひろげるふたりを通行人らは唖然《あぜん》として見守っている。なにが起きているのか理解できていないようだ。

人が途切れたのを見計らい、ミレーユは気合いとともに男の足元めがけて棒を投げつけた。

「ふんっっ!!」

「——うわあっ」

足に棒がからまり、男が悲鳴をあげて転倒《てんとう》する。しかし、やったと思った瞬間《しゅんかん》、足元が宙を泳いでミレーユは前へのめった。

前ばかり見ていたせいで足元への注意が散漫《さんまん》になっていたのだ。石段が五段あったのだと認識したときにはもう遅《おそ》く、すでに身体《からだ》は浮いていた。

(落ちる!)

思わず目をつむる。しかし予想に反して痛みは訪《おとず》れず、やわらかなものに抱《だ》きとめられた。

「——大丈夫か?」

頭の上で声がして、はっと見上げる。

驚いた顔で見下ろしているのは黒髪《くろかみ》の若い男だった。長い前髪の下から気だるげな灰紫《はいむらさき》色の瞳《ひとみ》がこちらを見つめている。

助けてくれたのだと気づくと同時に、ミレーユは叫んだ。

「あいつを捕《つか》まえて! ひったくりなの!」

指さした先では、転倒していたひったくりがよろよろと起き上がったところだった。逃《に》がすかとばかりに駆け出そうとするミレーユを目の前の青年が制する。

「よし。待ってな」

彼はミレーユを地面に下ろし、身を翻《ひるがえ》した。あっというまに男に追いつくと、ひょいと足をかけてよろけさせ、素早《すばや》く回り込んで後ろ手に腕をひねりあげる。

実にあざやかな手さばきだった。男は観念したように地面に顔をふせた。

ふう、と息をついて、青年は駆けつけたミレーユを見上げた。

「これでいいかい？　勇ましいお嬢さん」

少しからかうように目を細める。あらためて見てみると、いかにも女性に好かれそうな甘い顔立ちだ。ぼさぼさの髪《かみ》といい、あまり身なりに気を遣っているふうには見えないのに、不思議と目をひく雰囲気《ふんいき》をしていた。

「ありがとう！　助かったわ」

「いいさ。弱い者から物を盗《と》るようなやつは俺も嫌《きら》いだ。こうして、こうして、こうしてやる」

青年はどこかから縄《なわ》を取り出すと、手早く男を縛《しば》り上げた。口調は冗談《じょうだん》めいているが横顔は真剣《しんけん》だ。一見軽薄《けいはく》そうに見えるのに意外とそうでもないのかもしれない。

縛り上げた男を適当に転がして通行人に役所への通報を頼《たの》むと、青年は立ち上がった。

「しかし無茶をするねえ。よっぽど大事なものを盗られたんだろうが、あんまり無鉄砲《むてっぽう》だと危ない目に遭《あ》うぞ」

「あたしじゃないわ。ひったくられたのは別の人よ」

「あんたの連れか」

「ううん。通りすがりのおじいさん」

「……じゃ、赤の他人のために？」

「だって、孫にお土産を買うお金みたいだったから」

ミレーユは少しむっとして答えた。彼が呆《あき》れたような声を出したからだ。

だが青年はおもしろそうに笑い出した。

「変わったお嬢《じょう》さんだなあ。他人のために、普通《ふつう》そこまでやるか？」

「当たり前でしょ⁉ 悪人には制裁、これは世界の常識でしょうが！ あたしの住んでる街じゃ、よちよち歩きの子どもだってこれくらいは朝飯前にやるわよ」

シジスモン五番街区では、ひったくりが出ようものならそれこそ住民総出で捕獲《ほかく》に乗り出したものだが、もしや他《ほか》の街では事情が違《ちが》うのだろうか。

「そうふくれるなよ。誉《ほ》めてるんだぜ。あんたみたいなじゃじゃ馬は嫌いじゃない」

彼は楽しげに言うと、落ちていた財布に気づいてそれを拾いあげた。ほらよ、と差し出す笑《え》顔《がお》は自信に満ちていて、自分が魅力《みりょく》的であることをよくわかっているようなまなざしだ。

受け取ろうとするミレーユの手を財布ごと握《にぎ》り、彼はなだめるように続けた。

「怒《おこ》るなって。気を悪くしたんなら謝るよ。悪かった。名前くらい聞かせてくれてもいいだろ」

ミレーユは眉根《まゆね》を寄せて相手を見た。なれなれしい男だと思ったが、考えてみればひったくりを捕まえるのに手を貸してくれたのは彼だけだった。もっと感謝の意をあらわしても罰《ばち》は当たるまい。

「ミレーユよ。さっきはほんとにありがとう。その財布を持ち主に返さなきゃならないから、手を離《はな》してくれない？」

「ミレーユ。俺の名前には興味ないのか？」

「え……？　ああ、そうね。何て名前なの？」

礼儀《れいぎ》としてそれくらいは聞くべきだろう。そう思い直して訊《たず》ねると、彼は少し引きつり気味の笑みを浮かべた。

「……ヒースだよ。随分《ずいぶん》そっけないな、おい……」

どうやら彼は女性からぞんざいな扱《あつか》いを受けた経験があまりないらしい。ミレーユの対応がショックだったようだ。

彼は諦《あきら》めたように手を離した。その瞬間、鼻先をふわりと甘い香《かお》りがくすぐる。財布とともに一本の白い百合の花が指の間に挟《はさ》まっているのを見て、ミレーユは目を瞬《またた》いた。ヒースが得意げに微笑《ほほえ》んだのを見て納得する。——彼はおそらく奇術師《きじゅつ》なのだ。それがわかると同時に奇妙《きみょう》な既視感《きしかん》を覚え、ミレーユは彼をまじまじと見つめた。

「……どこかで会ったこと、ある？」

思わず出た問いに、ヒースは嬉《うれ》しそうな顔でさりげなく肩《かた》に手を回してきた。

「うん、とりあえずとっさに思い出せねーから、そのへんで話そうか」

「お嬢さ————ん!!」

彼方《かなた》からヨハンの叫び声がした。

ヒースの顔に見入っていたミレーユは、はたと我に返ってそちらを見た。件《くだん》の老人を連れたヨハンがあたふたしながら駆《か》けてくる。

「ご無事っすか！　もうほんと、あんまり無茶しないでくださいよ、頼《たの》んますから」

「あ、ご、ごめんね、ヨハン」

息も絶え絶えな彼に慌《あわ》てて謝ると、あらためて財布を老人に渡《わた》す。

「ああ、ありがとう。本当にありがとう、お嬢さん」

「いえ、捕まえてくれたのはこの人だから——」

協力者を紹介《しょうかい》しようと隣《となり》を見たミレーユは、目を見開いた。

そこには誰もいなかった。幻《まぼろし》だったのかと思うくらいに、何の気配も残さずヒースの姿は消えていた。

(あれ……？　ほんの今までそばにいたのに……)

思わず目をこするミレーユに、ヨハンがはっとしたように叫《さけ》ぶ。

「お嬢さん！　尾行《びこう》は！」

「………あっ!!」

すっかり忘れきっていた。これでは密偵《みってい》失格だ。

ミレーユは慌ててふりかえる。だが当然といえば当然ながら、エレノアの姿を見つけることができるわけもないのだった。

（やっちゃったわ……）

馬車にゆられながら、ミレーユはひとりで反省会をしていた。

結局、何の情報もつかむことはできなかった。エレノアの尾行は失敗し、彼女が馬車に戻《もど》ってくるのをルーヴェルンの外で待ち伏《ぶ》せてから、また王宮への道を追跡《ついせき》しているところである。悔《く》やんだところで仕方がないのはわかっている。あの状況《じょうきょう》で、ひったくりとあの老人を放置して尾行を続けるなんてことはとても出来なかった。あの後、トーマスと名乗った件の老人はミレーユの焦《あせ》る顔を見て事情を察したのか、送っていくという申し出を辞退して、幾度《いくど》も礼を繰《く》り返してから夜の街に消えていった。これから孫のために土産《みやげ》を買いにいくのだろうと思えば、尾行に失敗したことも無駄《むだ》ではなかったというものだ。

（エレノアは時々出かけてるみたいだし、尾行する機会はまたあるはず。次は絶対に行き先をつきとめてやるわ）

セシリア王女の知り合いかもしれないという彼女。なぜマリルーシャの侍女《じじょ》とセシリアが知り合いなのか、そしてなぜ彼女はルーヴェルンへ行ったのか。疑問はいくつかあったが、思いつめた顔で協力を要請《ようせい》してきたセシリアのことを思い出すと、あれこれ詮索《せんさく》せずに力になってあげようと思ってしまうから我ながら不思議だ。

（セシリアさまは怒ると怖《こわ》いけど、普通にしてたら結構かわいらしいところがおありなのよね。手芸もお上手だし、目上の方には礼儀《れいぎ》正しいし、侍女たちにもさりげなく気を配っていらっしゃるし。ただ、フレッドの前だと空回りがすごいけど……。もしかしてフレッドがセシリアさまの長所を打ち消してるんじゃ）

ちょっと不安になってきたとき、急に馬車がとまった。覗《のぞ》き窓《まど》が開いてヨハンが慌てたようにふりかえる。

「お嬢さん、敵さんがこっちに来ます！」

「――えっ!?」

「助けて！」

割り込むように悲鳴がきこえ、ミレーユは思わず身を乗り出した。

覗き窓から外を見ると、若い女性が懸命《けんめい》にヨハンに何かうったえている。二十代半ばほどの年齢《ねんれい》、左目の下の泣きぼくろ、ひとつにまとめた栗色《くりいろ》の髪――間違《まちが》いなくエレノアだった。

「どうしたんですか？」

思いがけない事態に驚《おどろ》きながらも扉《とびら》をあけて顔を出すと、エレノアは泣き出しそうな顔でミレーユに飛びついてきた。

「ああ、助けてください！　馬車が……馬車が盗賊《とうぞく》に襲《おそ》われて」

「盗賊!?」

急いで馬車をおりると、エレノアは少したじろいだような顔になった。まさか着飾《きかざ》った若い娘《むすめ》が出てくるとは思わなかったらしい。

「ベルンハルト公爵《こうしゃく》閣下の縁《ゆかり》の方でいらっしゃいますか。大変失礼いたしました。夜目で馬車の紋章《もんしょう》がわからず、とんだご無礼を」

「いえ、それはいいから。それより、怪我《けが》はないですか？」

「わたしは無事ですけれど、御者《ぎょしゃ》が……」

ためらいがちに目を伏《ふ》せる。少し震《ふる》えているのを見て、ミレーユは彼女の肩をつかんだ。

「あなたの馬車はどこ？」

「この先の右のほうに……」

「右のほうね。わかった、ちょっと見てきます。――ヨハン、この人と一緒《いっしょ》に待ってて！」

「はっ？　ちょ、危ないっすよ！」

ヨハンが慌てて叫ぶが、かまわずミレーユはエレノアが示すほうへと駆け出した。

馬車が停まっていたのは、王宮までもうすぐという距離《きょり》にある貴族の別邸《べってい》が建ち並ぶ一画だった。

そばに倒《たお》れている人影《ひとかげ》がある。御者らしい壮年《そうねん》の男は、軽くゆさぶってみると小さなうめき声をあげた。気絶しているだけらしい。

ほっとして周囲を見回してみるが、盗賊らしき人影は見当たらない。どうやらすでに逃《に》げてしまった後のようだ。

「大丈夫《だいじょうぶ》、生きてます」

おっかなびっくり近づいてきたエレノアにそう言うと、彼女は青白い顔でうなずいた。

「何か盗《と》られたものは？」

「いいえ。でも……『海のしずく』はどこかと、訊《き》かれました」

「海のしずく……？」

いぶかしげにミレーユが問い返したときだった。

素《す》っ頓狂《とんきょう》な叫び声が背後で聞こえ、ミレーユはびくりとしてふり向いた。

「大変だあ——っ、お嬢《じょう》さん、大変ですー！」

通りの向こうから走ってきたヨハンが、あたふたした様子で叫ぶ。

「俺っちの馬車も襲撃《しゅうげき》を受けました！」

「ええっ！」

ミレーユは慌てて立ち上がった。

「襲撃って、盗賊に⁉」

「はいっ」

「大丈夫、怪我してない⁉」

「それはないっすけど、大変です！　盗《ぬす》まれました！」

「何を！」

「俺っちの大事な贈《おく》り物と、お嬢さんのお荷物です！」

ミレーユは目をむいた。

はっと両手を見下ろす。どちらの手にも、編みかけのショールが入った包みは持っていない。荷物といえばあれだけだ。──それが盗まれた⁉

（まさか。──うそでしょ⁉）

動転して転びそうになりながら、ミレーユは自分の馬車に戻った。

開け放した扉から頭をつっこんでのぞきこむ。だが、あるはずのあの包みが見当たらない。

それを認識した瞬間《しゅんかん》、頭の中でいろんな何かがいっせいにはじけ飛んだ。

「ふ…………っざけんじゃないわよ、くされ盗賊があああああああ───っっ‼」

乙女《おとめ》にあるまじき絶叫《ぜっきょう》が、夜のしじまに響《ひび》きわたった。

「──というわけなの。持てる力のすべてを使って協力するから、盗賊追討ぶちのめし隊にあたしも入隊させて‼」

だーん、と大卓を叩《たた》き、据《す》わった目をして言い放つ。

夜更《よふ》けのサロンへ乗り込んだミレーユは、ひとりで酒をかたむけていたジークに直談判していた。暇《ひま》を持て余しているのか、それとも付き合ってくれる相手がいないのか。ここは白百合のサロンだというのに、王太子以外は誰もいない。

「まあ落ち着きたまえ。悪いがそのような部隊は我が配下に存在しない」

軽く手をあげて制すと、彼は訝《いぶか》しげな顔で続けた。

「しかし、すごい剣幕《けんまく》だな……。『ランスロット』はきみたちにとって英雄《えいゆう》だろう？」

「は!? 盗賊が英雄!? あはは、おっかしい。へそでお茶が沸《わ》いちゃうわねまったくっ!!」

かつてないほどにミレーユは怒《いか》り狂《くる》っていた。

エレノアの馬車を襲い、ミレーユの編みかけショールと毛糸玉をまるまる盗んでいったのは、『ランスロット』という盗賊団だった。大陸の覇者《はしゃ》と同じ名を名乗り、各国各都市をまたにかけて活動する彼らは、私腹を肥やす貴族から失敬した金品を庶民《しょみん》にばらまくという『模範的《もはん》』な義賊《ぎぞく》である。確かにジークの言うとおり、庶民からすれば英雄に等しいと言えるだろう。

ただしそれは、善良なか弱い乙女から物を盗まなかった場合の話だ。

（あのクソボケ盗賊がっ、なんでよりによってあたしの荷物を盗むわけ!? そりゃね、あげようかどうしようか迷ってたけど、でも心をこめて一生懸命《けんめい》編んでたのよ。しかもへそくりをはたいて買った毛糸を全部持って行きやがって……っ！ 絶っっっ対、許さないわ!!）

荒《すさ》んだ目つきで歯ぎしりするミレーユを、ジークは不審《ふしん》そうに眺《なが》めた。

「『ランスロット』に遭遇《そうぐう》してしまったのは不運なことだったと思うが——。それで、いったい何を盗まれたのだ」

ミレーユは、うっと言葉に詰《つ》まった。あまりの怒《いか》りに我を忘れそうになったが、ショールを編んでいたことは絶対の秘密なのだ。それだけは知られてはならない。

「…………すごく、大切なものよ」

しばし黙《だま》ったのち、ぽつりとそれだけ白状する。

急にしゅんとしたミレーユをジークは不思議そうに見たが、そのことについて詳《くわ》しく追及《ついきゅう》する気はなさそうだった。

「それで、その盗賊に襲われた婦人は確かに『海のしずく』と言ったのだな」

「ええ。どこにあるかって盗賊に訊かれたけど、持ってないって言ったら何も盗らずに逃げていったって」

「その婦人の名や素姓《すじょう》は訊いたか」

「え……と」

最初から名前も素姓も承知の上で尾行《びこう》していたのだから、知っていると答えるべきだろう。しかし理由を訊かれればセシリアのことにまで話が及《およ》んでしまうかもしれない。

迷っているのを見抜《みぬ》いたように、ジークはゆったりと続ける。

「『海のしずく』はシアラン大公家ゆかりの品だ。それを盗まれそうになったと聞けば黙っているわけにはいかない。マリルーシャに害が及ぶ可能性もあるのだからな」

「そうだったの？　シアランの……」

「前大公妃が所有していた三つの宝物のひとつだよ。『月の涙《なみだ》』は耳飾《みみかざ》り、『青い百合』は指輪、そして『海のしずく』は首飾り。どれもシアランの貴色である青い宝石をあしらった国宝だ。長く行方《ゆくえ》がわからなくなっていたが、今回マリルーシャが首飾りを持って帰還《きかん》したことで存在が知られるようになった。母君の形見として大事に守ってきたらしい」

「そんなにすごいものだったんだ」

それなら盗賊が狙《ねら》っているのも納得がいく。なぜ公女ではなくエレノアのもとに現れたのかはわからないが——。

「でも、お役所に行きますかって一応言ったんだけど、断られたのよ。そこまで大事《おおごと》にしたくないからって」

「ほう……？」

ジークが低くつぶやく。しかし彼はそれ以上ミレーユを問い詰めようとはしなかった。

「そういえば聞いたぞ。パン屋の件は残念だったな」

「な、なんでそれを」

「きみのことは常に人を使って調べさせている。知らないことは何もない」

「なっ……気色悪いことしないで！」

真に受けて蒼《あお》ざめるミレーユをジークはにやにやと見つめた。

「リヒャルトが心配していたぞ。幼なじみの男と結婚《けっこん》しようか迷っているそうだな」

ぎくりとミレーユはたじろいで目をそらす。

「は……？　い、いったい、何の話……」

「名前は確かロイと言ったか。まったくきみの趣味《しゅみ》ではないし、はっきり言えば大嫌《だいきら》いだが、家のことを考えて婿《むこ》に迎《むか》えようとしていると。健気《けなげ》な心がけだが、それだと私の計画が台無しになるじゃないか。考え直してはどうだ」

「いや、別に、まだはっきり決めたわけじゃ……、って、なんで知ってるのよ！」

「言っただろう。きみのことはすべて知っている」

「フレッドが言ったのね⁉　ああもう信じらんないっ、あの子ったら昔からいっつもあたしの思考を勝手に読むんだから！」

憤然《ふんぜん》と拳《こぶし》を握《にぎ》るのをジークはからかうように眺める。

「きみの性格は一種の才能だな。いつもにこにこしているだけだった男を、あんなにもうろたえさせ落ち込ませる。おかげでこの頃《ごろ》は笑いの種がつきずに楽しい日々を送れているよ」

ミレーユはじとりと目を据《す》わらせてジークを見た。

「あんたもしかして、そうやってリヒャルトをいじめて楽しんでるわけ？　性格悪いわね」

「しょうがないだろう。そうでもしないと彼は私に心を開いてくれない」

「なんでよ」

ジークはちらりと考えるように目を落とした。

「……互《たが》いに負い目があるからな」

「負い目って？」

どこか深刻に見えたのも束《つか》の間、ジークはすぐに艶然《えんぜん》とした笑《え》みを浮《う》かべた。

「そんなに私のことが知りたいのか。後宮に入れば何でも教えてやるのに」

「だから、なんでそうなるのよ！」

「きみを後宮に入れないと、私はリディから婚約《こんやく》解消されてしまうかもしれないのだぞ。人助けと思って入ってはくれないか」

「な……、あんたたちってほんと、一体どういう関係なの？」

呆《あき》れて困惑《こんわく》するミレーユの手をジークはさりげなく握った。

「後宮は楽しいぞ。きみの胸の問題も、私が懇切丁寧《こんせつていねい》に解消してやる。大きくなりたいのだろう？」

「え……？」

ばんっ、と音をたてて扉《とびら》が開いた。

驚《おどろ》いてふりむくと、扉を開け放した状態のままリヒャルトが怖《こわ》い顔をして立っている。

「殿下《でんか》、いい加減にしてください」

ジークは素知らぬ顔で酒をあおった。

「ちょっとした茶目っ気のある冗談《じょうだん》じゃないか。盗《ぬす》み聞きなどしていないで遠慮《えんりょ》せず入ってくればよいものを」

「どこに茶目っ気があるんですか。——あなたも、こんな夜中にこんな危ない人とふたりきりになったらだめでしょう」

怖い顔のまま扉を閉めて近づいてくるのを見て、ミレーユは思わず立ち上がる。

「送っていきますから、もう今日は帰っ——」

腕《うで》をつかもうとした瞬間《しゅんかん》、さっと距離《きょり》をとられ、リヒャルトは口をつぐんだ。

「……なんで逃《に》げるんですか？」

「え？　べ、別に、全然逃げてなんかないけど？」

目をそらして言い訳しながら、じりじりと後退《あとじさ》る。黙り込んだリヒャルトが大またに距離を詰めてきたので、慌《あわ》てて扉まで走った。

ふりむくと、リヒャルトが呆然《ぼうぜん》としてこちらを見ている。目が合った瞬間ミレーユはかあっと赤くなって叫《さけ》んだ。

「あっ、あたしひとりで帰れるから！　じゃ！」

そのまま後ろも見ずに扉を開けると、あっという間に飛び出していった。


「……いつまで笑ってるんですか」

大卓に突っ伏《つぷ》していたジークは、尖《とが》った声を向けられようやく顔をあげた。

「そう怒るなよ。きみがなかなか入ってこられずにいるから、踏《ふ》み込む理由を作ってやったんじゃないか。おかげで向こう一年分は笑わせてもらったが……」

涙をぬぐいながら笑いつづけるジークに、リヒャルトは険しい目をむけた。

「余計な気を回していただかなくても結構です」

「しかしすごい避《さ》けられようだな。何事だ、さっきの愉快《ゆかい》な反応は」

「知りませんよ。……俺が聞きたいくらいです」

憮然《ぶぜん》とつぶやくリヒャルトを、ジークは冷やかすように眺めた。

「いつも必要以上にべたべた触《さわ》ったりするから嫌《きら》われたんじゃないのか？　もしくは、何かよからぬ振《ふ》る舞《ま》いをしかけたとか」

「冗談じゃない。あなたと一緒《いっしょ》にしないでくださ——」

むっとして言い捨てようとして、言葉を飲みこむ。

言われてみればひとつ気になることがあるのだ。

今日は久しぶりに公女のお守《も》りを免除《めんじょ》され、白百合の仮眠《かみん》室で休んでいたが、目が覚めてサロンに入ってみるとなんだか同僚《どうりょう》たちの反応がおかしかった。顔を見るなり「祝賀会だ」とやたら握手《あくしゅ》を求めてきたくせに、ずっと寝《ね》ていたと言った途端《とたん》全員から心底呆れた視線を浴びせられたのだ。

何事かと理由を聞けば、ミレーユが自分を訪ねて仮眠室に入って行ったという。あまり深くその意味を考えていなかったが、今のミレーユの反応を目の当《ま》たりにして、嫌《いや》な予感が脳裏《のうり》をよぎった。

(…………まさか)

自慢《じまん》じゃないが寝起《ねお》きの悪さにだけは自信がある。もしかしてミレーユに避けられるような『何か』をしでかしてしまったのではなかろうか。しかしまったく記憶《きおく》がない——。

「やはり心当たりがあるのか……」

ジークのつぶやきに、リヒャルトの額に汗《あせ》が浮かぶ。

「彼女は大人《おとな》になりきれていない分、潔癖《けっぺき》なところがありそうだからな。一度警戒《けいかい》されるとなかなか難しいかもしれないぞ」

「………」

これまでの自分の行動を思い返し、リヒャルトは思わず頭を抱《かか》えた。

ミレーユは今、跡取《あとと》り対決に敗れて傷心の真っ只中《ただなか》だというのに。気の利《き》いたなぐさめの言葉をかけるどころか不埒《ふらち》な振る舞いをして傷つけてしまったなんて。人として最低の行いだ。

（……どうしよう……）

本格的に悶々《もんもん》と考えこみはじめるリヒャルトに、ジークは思い出したようにつけ加えた。

「苦悩《くのう》しているところすまないが、報告を聞く前にひとつ。ミレーユがつい先ほど『ランスロット』に遭遇《そうぐう》したそうだ」

「──え⁉」

「その際にひとりの婦人を助けたそうだが、盗賊《とうぞく》はその婦人に『海のしずく』の在《あ》り処《か》を尋《たず》ねたらしい。ミレーユは婦人の名前を出さなかった。目的はわからないが何か隠《かく》しているようだ」

リヒャルトは真顔になってジークを見つめた。

「公女の関係者でしょうか」

「そうだとしたらミレーユの安全も保証できないな。見張りをつけるぞ」

「……」

「きみは公女のお守りに専念しろ。ついでにミレーユへの言い訳各種も考えておくんだな」

王太子の意地悪な励《はげ》ましに、リヒャルトは再び憂鬱《ゆううつ》な顔でため息をついた。

翌朝。

眠《ねむ》れないまま朝を迎えたミレーユを訪ねてきたフレッドは、問答無用で衣装の取り替《か》えを要求してきた。

「きみが邸《やしき》に帰ってこないから、お父上は発狂《はっきょう》しそうになってるんだよ。たまには顔を見せてあげなよ」

「だからって、何で服を取り替えなくちゃならないのよ」

「殿下に足止めされてるんだろ。ばれないように抜《ぬ》け出すにはこうするしかないじゃないか」

笑顔《えがお》で提案するのをうさんくさいとは思ったが、言われてみれば一理ある。それに、ランスロット捕《ほ》獲《かく》計画を練るにはフレッドの恰好《かっこう》をしていたほうが有利な面もあるかもしれない。

しばし考えてからミレーユはうなずいた。

「わかったわ、一日だけね。でもセシリアさまにばれないかしら」

「大丈夫《だいじょうぶ》。うまくやるから」

まぶしい笑顔で、フレッドは易々《やすやす》と妹を言いくるめた。

セシリアがミレーユの部屋を訪れたのは、それから一時間ほどたった頃《ころ》だった。

「盗賊に遭遇したってほんとうなの⁉　怪我《けが》などは、ないのでしょうね？」

緊迫《きんぱく》した顔で上から下まで眺《なが》め回しつつ問い詰《つ》めると、まぶしい笑顔が返ってきた。どうやら、大丈夫らしい。

安堵《あんど》して息をつき、セシリアは侍女《じじょ》たちを外へ出した。

「こんな時に訊《き》くのもなんだけれど――。エレノアの件はどうなっているのかしら？　昨夜追いかけたのでしょう。何かつかめたの？」

声をひそめて訊《たず》ねるが、ミレーユは不思議そうな顔で黙《だま》っている。

「ああ……、まだ昨夜のショックが冷めていないのね？　いいわ、報告はまた落ち着いてからで結構よ」

「……」

ミレーユは無言のまま傍《そば》にあった帳面を開くと、さらさらとペンを走らせた。書き付けた頁《ページ》をこちらに向けるので、セシリアは怪訝《けげん》に思いつつもそれを見下ろした。

『公女殿下《でんか》お付きのエレノア・ダールトンの件ですね？』

セシリアはますます不審《ふしん》な顔でミレーユに目を戻《もど》す。

「そうだけれど……。なぜ口で言わないの？」

ミレーユは再びペンを走らせた。

『喉《のど》に魚の骨が引っかかって声がかすれているのです。今日一日、筆談で失礼します』

セシリアは目を瞠《みは》った。

「なんですって⁉　お医者様を呼んだほうがいいのじゃなくて？　え？　大丈夫なの？　それならいいけれど……。あなたも踏んだり蹴《け》ったりね」

眉《まゆ》をひそめかけて、はたと思い出したように赤面する。踏んだり蹴ったりな目に遭《あ》わせている原因の一端《いったん》は自分ではないか。おまけにこんなにぺらぺらとしゃべってしまうなんて、自分らしくなくて何だか決まりが悪い。

黙りこんだのが気になったのか、ミレーユが帳面に何か書き付けている。何気なくそれを見やったセシリアは、ふと懐《なつ》かしさを覚えて吐息《といき》をこぼした。

「……いいえ、何でもないわ。昔のことを思い出しただけ」

不思議そうな顔で見られ、ぽつりと答える。

誰にも言わずに胸にしまっておいたことを、こんなときなのに思い出した。

「もうずっと昔——この王宮へきたばかりの頃に、声が出ない病気にかかったことがあるの。それで今のあなたみたいにこうして筆談で話していたのよ」

話すつもりなどなかったのに、言葉が自然と口から出てくる。ラドフォード卿《きょう》の大事な人になら知っていてほしい。そんなことを思ってしまったからかもしれない。

「けれど面倒《めんどう》になってとうとうそれすらやめてしまった。お友達もいなかったし、お話ししたいと思う相手もいなかったから不便だとも思わなかったのよ。でも、ラドフォード卿が来てくれるようになって、お手紙を交換《こうかん》しましょうと言ってくれて……、それから一生懸命《けんめい》に読み書きの練習をしたわ。字が上手になりましたねって毎日ほめてくれて、とても嬉《うれ》しかった」

思い出すと優《やさ》しい気持ちになれる。あの頃は彼だけが心の支えであり、狭《せま》い箱庭のような世界から連れ出してくれる唯一《ゆいいつ》の人だった。ほのぼのとして、とても幸せだった日々――。

――それをぶち破った男のことを思い出し、セシリアは一転して不機嫌《ふきげん》な顔になった。

「それに比べて伯爵《はくしゃく》ときたら、最初から無礼な人だったわ。わたくしのことを『鳴かない小鳥』だと言って、賭《か》けをしようと持ちかけてきたのよ。殿下《でんか》よりもかわいい声で鳴く小鳥をぼくが見つけてきたらぼくの勝ちだ、負けたくなければいかに殿下がかわいらしい声をなさっているのかぼくに聞かせてください、などと言って。わたくし、悔《くや》しくて泣いたわ。顔立ちは素《す》敵《てき》なのに、なんて意地悪な人なのかしらって。絶対にぎゃふんと言わせてやるとそのとき誓《ちか》ったの」

ミレーユが少し困ったように苦笑《くしょう》する。

そういえば彼女は伯爵の遠縁《とおえん》ということだった。悪口を言ったと思って怒《おこ》っただろうかと少し心配になったセシリアだが、その笑顔になぜだか胸がときめいてしまい、急いで目をそらした。前々から思っていたが彼女は伯爵によく似ているのだ。

「……でも本当は伯爵の言うとおりだった。ずるをしていたのよ。優しくしてくれた人たちもわたくしがいないところではひどいことを言っているって知ってしまったから。だからわたくしも王女として振《ふ》る舞うのはやめようと思って、しゃべらないようになったの。ずるをしたから天罰《てんばつ》がくだって声が出なくなってしまったのよ。それは自業自得というものだから仕方がないけれど、でも初めてラドフォード卿が会いにきた日、あの人、今にも泣き出しそうな顔をしていて……。だから本当はずっと気にしていたの。早く声を出せるようにならなくちゃって」

まだ小さかった自分に会いにきた彼は、もう大人になっていた。目線を合わせて抱《だ》きしめて、これからはずっとそばにいると言ってくれた。

あれから四年。彼は約束を違《たが》えることなくそばにいてくれている。——でも、この先はどうなるかわからない。

「………」

ミレーユは何か物思いにふけるように、おもむろにペンを走らせた。

『賭けには勝ったのですか？』

ふん、とセシリアは鼻を鳴らした。

「当然でしょう。わたくしが伯爵なんかに負けると思うの？　地獄《じごく》へ落ちろと叫《さけ》んでやったわ。伯爵もラドフォード卿も、目をまん丸にしていたわね」

ぶっ、とミレーユは吹《ふ》きだした。必死に笑いをこらえるようにまたもペンを走らせる。

『実はあれが唯一の負け試合です』

セシリアは眉根を寄せて彼女を見た。

「……どういう意味なの？」

にっこりと笑みを返し、ミレーユはくるりと帳面をこちらに見せる。

『賭けに勝利なさったことを幸せに思います。殿下よりかわいらしい声の小鳥などこの世には存在しません。いつもそれくらいお話ししてくだされば、もっと嬉しいのに』

セシリアはまじまじとそれを読み、やがて頰《ほお》をそめた。女の人なのに、まるで伯爵のような物言いだ。

「わ、わたくしはお世辞なんて嫌《きら》いよ。今日は早起きしたから舌のすべりが良かっただけよ。それだけのことなんですからね。いま話したことはぜんぶ忘れてちょうだい。いいわね？」

赤くなったまま早口にそう命じる。しゃべりすぎたことを少し後悔《こうかい》しながらも、彼女に誉《ほ》められるのはそう悪い気分はしなかった。

白百合の宮でフレッドが身代わり令嬢《れいじょう》として王女の相手を務めていたこの日。

ミレーユのほうもそれなりに忙《いそが》しい一日を送っていたが、その忙しさは晩餐《ばんさん》後に頂点を迎《むか》えようとしていた。

「ミレーユ？　どうしたんだい、そんな恰好をして」

玄関《げんかん》へ向かおうとしたところで呼び止められ、ミレーユはふりむいた。声のほうを見上げると、エドゥアルトが目を丸くして踊《おど》り場から見下ろしている。

「ああ、パパ。ちょっと出かけてくるから」

気合いに満ちた顔で答える娘《むすめ》に驚《おどろ》いたのか、エドゥアルトは足早に階段をおりてきた。

「出かけるって、今からかい？　もうこんなに遅《おそ》いじゃないか。いったいどこに行くつもりなんだい。しかも男の子の恰好で」

「大したことじゃないわ。ちょっとした野暮用よ」

「だからどこへ？　ひとりで行くのかい？　危ないよ、そんなことを許すわけにはいかない」

「パパが許さなくたって、女には行かなくちゃならない時があるの」

「ちょっ、ミレーユ待ちなさい、女の子がこんな時間に外出なんて——」

うるさくまとわりつく父を、ミレーユはキッとにらんだ。

「これはあたしがつけなくちゃいけない落とし前なの。行かせてくれないんなら親子の縁《えん》を切るわよ！」

「なっ……！」

過激な発言をくりだす娘に、エドゥアルトは愕然《がくぜん》となった。

（ま、まさか……これは世にいうあの恐怖《きょうふ》の現象では……！）

そうでなければかわいい娘がこんな暴言を吐《は》くはずがない。ちょっと気は強いが親を悲しませるような子ではないのだ。

（娘が夜遊びに走ろうとしている……！　どうしよう、こんなときどうしたらいいんだ。父として断固引き止めるべきか。でもあんまり厳しいことを言って嫌われてしまったら困るし）

悶々《もんもん》と悩《なや》んでいる隙《すき》に娘はさっさと玄関へ向かう。エドゥアルトは慌《あわ》てて執事《しつじ》を呼んだ。

「ミレーユが夜歩きをしたいそうだ、急いで馬車を用意しなさい」

「ではヨハンに御者《ぎょしゃ》を」

　執事のロドルフに命じられ、侍女《じじょ》が足早に去っていく。大またに玄関を出て行くミレーユを見送り、エドゥアルトは涙目《なみだめ》でロドルフにすがりついた。

「どうしようロドルフ！　ミレーユが、あの素直《すなお》で優《やさ》しいミレーユがとうとう反抗期《はんこう》にっ！」

「お静まりくださいませ、旦那様《だんな》」

「うちの書庫に育児に関する本はあるか⁉　今すぐ私の部屋へ運ぶんだっ、いそいでこんなときの対処法を研究しなければ！」

「追い討ちをかけるようで何でございますが、若君も昨夜から失踪《しっそう》されておいでなのですが」

「何⁉」

　エドゥアルトは目をむいた。そういえば今朝から顔を見かけないが、てっきり仕事で王宮に留《とど》まっているのだとばかり思っていた。

「まさか、また竜《りゅう》退治の旅に出たんじゃ——」

「書き置きにはそう記してございます。世界を救って勇者になる、見つけるまで絶対にやめない、と」

「ああ……、竜は物語の中にしかいないとあれほど言ったのに」

　エドゥアルトは切なげにため息をついた。彼の息子《むすこ》は年齢《ねんれい》のわりに夢見がちなところがあった。叶《かな》わぬ夢を追い続けているのを見守るのはなかなか辛《つら》いものがある。

「仕方がない、気が済むまでやらせてあげよう。いつかあの子も少年の日に別れを告げなければならないことに気がつくはずだからね」

しみじみとつぶやくと、彼はさっと表情を戻《もど》した。

「とにかく今はミレーユの反抗期について対策を練らなければ！　今日は徹夜《てつや》だ！」

宣言すると、彼は執事をお供に自室へと引き返したのだった。


「お嬢《じょう》さーん……、ほんとにやるんすか？」

気が進まなそうなヨハンのぼやきに、ミレーユは目をつりあげた。

「当たり前でしょうが！　ヨハンだって大事なものを盗《と》られたんでしょ。好きな女の子にあげるものを盗《ぬす》まれておいて、あっさり引き下がるの？　それでも男なのっ！」

「ぐふぅっ、ちょ、苦しいっす」

「あ……、ごめんなさい」

怒りに任せて胸倉《むなぐら》をつかみあげてしまったミレーユは、我に返って手を離《はな》した。

ふたりは邸《やしき》にある馬車の中でもっとも目立たない車にのりこみ、夜のルーヴェルンへ来ていた。もちろん、『ランスロット』を捕《つか》まえて盗られたものを取り返すためである。

今日は一日、フレッドと入れ替《か》わったことを最大限に活用し情報を集めて回った。ランスロット追捕《ついほ》の担当部署である王都警備隊に潜入《せんにゅう》して探りを入れたところ、どうやら盗賊《とうぞく》はここ数日毎夜のようにこの歓楽《かんらく》街に出没《しゅつぼつ》しているらしい。警備隊が今夜の当たりをつけたのが、ルーヴェルンのバートン通りだった。

　正体を偽《いつわ》って機密を聞き出すことに罪悪感がないわけではなかったが、何も面白半分《おもしろはんぶん》でやっているのではない。絶対捕まえることで借りを返そうと固く心に決めていた。

　通りの両側にあるのはどれも明々と灯《とも》った窓と賑《にぎ》やかな喧騒《けんそう》だ。この街は明け方近くまで眠《ねむ》りにつくことはない。

　よくよく注意して観察してみれば、他の通りよりも警備兵の数が目立つ。酔客《すいきゃく》や娼婦《しょうふ》に声をかけられて迷惑《めいわく》そうに見回りをしている。

（ランスロットは派手好きで目立ちたがり、っていう話だったわね……）

　普通《ふつう》の盗賊なら避《さ》けるだろうが、ランスロットならこの人通りの多い街にも平気で出没するのだろう。

「心配しなくても大丈夫《だいじょうぶ》よ、ヨハン。これがあればランスロットごとき屁《へ》でもないわ」

　ミレーユは不敵な笑みをうかべ、抱《かか》えていた包みをひらいた。

　ルーディの研究室から借りてきた『対人捕獲器《ほかくき》』である。対リヒャルト用に開発したらしいが、試作段階で彼には通用しないことが判明し、そのまま捨て置かれていたのだという。

「この丸いところに鎖《くさり》が入っててね、引き金を引くと鎖が勢いよく飛び出すの。先に錘《おもり》がついてるから、よーく狙《ねら》って引けば相手に鎖が巻きつくってわけ」

「ははあ……、それはさっき身をもって体験しましたけど、でもほんとにそれで捕まえられるんすかねえ」

「やると言ったらやるのよ！　とにかくしっかり周りを見てて。ヨハンはランスロットの顔を見てるんだから、頼《たよ》りにしてるのよ」

「見たっていっても顔はわからなかったんすよ。仮面とかで隠《かく》してるわけでもないのに不思議とぼんやりしてて、なんか、妙《みょう》に視界がぶれるっつうか……」

ヨハンは薄気味《うすきみ》悪《わる》そうにぶるりと身をふるわせた。正面切って対峙《たいじ》しておきながら、いくらランスロットの特徴《とくちょう》を訊《き》いても彼はそう繰《く》り返すばかりだ。

そういえば警備隊の面々から聞いた話でも、目撃談《もくげきだん》はあれどランスロットの顔を見た者はいないということだった。それもあって捕獲作戦は難航しているのだという。

(派手に活動してるのに顔が割れてないなんて、なにか秘密があるのかしら……)

そんなことを考えていたら、突然《とつぜん》、夜陰《やいん》を切り裂《さ》くように甲高《かんだか》い音が鳴り響《ひび》いた。散らばっていた警備兵たちが弾《はじ》かれたように駆《か》けていく。ミレーユは胸が高鳴るのを感じた。

「出たわね！　ヨハン、ちょっとふんじばってくるからここで待ってて！」

「な……、やっぱり行くんすか！」

御者席から飛び降りると、ヨハンの叫《さけ》びを背にミレーユは駆け出した。

警備兵が駆けていくずっと先で長い外套《がいとう》がひるがえったのが見えた。あの先は行き止まりだ。逃《に》げるとしたら道はひとつしかない。

(させるか！)

ミレーユは爛々《らんらん》と目を光らせ、先手を打つべく素早く周囲を見回した。

──月明かりの下。男たちの怒号《どごう》が飛び交《か》う先で、外套の裾《すそ》をひるがえしながら影《かげ》がひとつ走っていく。

それは巧《たく》みに追っ手をかわして進み、やがて軽《かろ》やかに屋根の上へとあがった。一足先に高いところからあたりを見渡《みわた》していたミレーユは、それがこちらに向かって駆けてくるのを見て急いで身を沈《しず》めた。予想通りだ。長年街にはびこるひったくりや置き引き犯を捕《と》らえてきた実績をなめてもらっては困る。

目の前を通り過ぎていくのを確認《かくにん》するや、ミレーユはさっと立ち上がって捕獲器をかまえた。

「そこの盗賊、待てっ!!」

叫ぶと同時に引き金を引く。捕獲器から飛び出した鎖は、声につられてふりむいた盗賊の右《みぎ》腕《うで》に見事からみついた。

さすがに驚《おどろ》いたのか『ランスロット』はその場に立ち尽《つ》くしている。取っ手を回して鎖を巻き戻しながら、ミレーユはゆっくりと盗賊に歩み寄った。

帽子《ぼうし》を被《かぶ》り、長い外套の裾をひらめかせている長身の影──。

「昨夜、ルーヴェルンの外で馬車を襲《おそ》って毛糸玉その他《ほか》を盗んだことは調べがついている。観念して大人《おとな》しく盗んだものを返しなさい!!」

きびしい口調で言い放ったミレーユを、『ランスロット』はじっと見つめている。それは戸《と》惑《まど》っているというより観察しているように見えた。

やがて相手は、くっと喉《のど》を鳴らして笑った。

「——毛糸って、あれか。なるほど、それでひとりで盗賊退治ね……」

「何がおかしい！」

「いやいや、勇ましいお坊《ぼっ》ちゃんだと思ってさ」

片腕を拘束《こうそく》されているというのにまったく慌てた様子がない。それどころかこの事態を面白《おもしろ》がっているようだ。自分を追ってきたのが役人ではなく、たったひとりの少年だったのが意外だったらしい。

「……ん？　あれ、つーかおまえ……」

肩《かた》を震《ふる》わせて笑っていた彼は、ふと顔をあげると拘束された腕をぐいと引いた。不意をつかれてよろけるように前へ出たミレーユの腕を、もう一方の手でつかむ。

「——女？」

驚いたように『ランスロット』は言った。鋭《するど》く見破られミレーユは目を瞠《みは》る。

「なにを……っ」

「うん。女の匂《にお》いだ」

言うなり彼はいきなり顔を近づけてきた。よける間もなく頰《ほお》を唇《くちびる》がかすめ、遠慮《えんりょ》なしに舌先が這《は》う。

一瞬《いっしゅん》真っ白になったミレーユは次の瞬間絶叫《ぜっきょう》した。

「ぎや——————っっ!!」

「その反応。やっぱ女だな」

「なっ……、なななにっっ」

「何って、念のためだよ。男相手にいきなり口にやったら俺変態だろ」

当然のような口調でそう言い、声をあげて笑った。

「でも知らなかったぜ。まさかベルンハルト伯爵《はくしゃく》が女だったとはな。何か世を忍《しの》ぶ理由でもあるのかい」

フレッドの顔は盗賊にまで知れ渡《わた》っているらしい。ミレーユは焦《あせ》って相手を見上げた。

帽子の陰になっているとはいえこの至近距離《きょり》なのに、なぜか彼の顔が認識できない。顔があるはずの場所を見ようとすると、視界がゆらゆらと上下に定まらなくなる。

眩暈《めまい》のような感覚に陥《おちい》りミレーユはたまらずふらついた。相手に腕をつかまれていなければその場に座り込んでしまったかもしれないくらい、足元がおぼつかない。

「大丈夫かい、伯爵様。俺を捕まえに来たんだろ?」

見えない顔が笑った気がした。彼は蒼《あお》ざめているミレーユの腕を引き寄せ、かぶさるように身をかがめた。

「――うあっ」

不意に声をあげて『ランスロット』が身体《からだ》を離《はな》す。はっと我に返ったミレーユは、彼と自分の間をかすめて降り立った黒猫《くろねこ》に気がついた。

「――よっこらしょ、と」

涼《すず》やかな声に不釣《ふつ》り合いな掛《か》け声とともに、黒髪《くろかみ》の青年が屋根によじのぼってくる。

「大丈夫か、クリスティーヌの宿主殿《どの》」

「……カイン……」

現れたのは白百合騎士《きし》団副長のカインだった。いつもの銀髪《ぎんぱつ》を黒い鬘《かつら》で隠していることもあって、一見すると別人のようだ。

「近くを歩いていたらクリスティーヌが飛んできてな。宿主殿の危機だと訴《うった》えるので来てみたんだが。——言っておくが別にきみを尾行《びこう》していたわけじゃない。これは偶然《ぐうぜん》だ」

どこか言い訳がましくカインは言った。人間より幽霊《ゆうれい》と仲良くしているほうが好きだという彼は、いつの間にかミレーユの守護霊とも親しくしていたらしい。

「さっきのは知り合いか？」

そう言われて初めて『ランスロット』の姿が消えていることに気づく。彼を拘束していた捕獲器も見当たらない。

ようやく事態を把握《はあく》して血の気が引く。ミレーユは愕然《がくぜん》とその場にへたりこんだ。

（どうしよう……フレッドの秘密がばれちゃった……）


気がつくと、いつの間にか室内にいた。

白百合のサロンだ。入り口のそばで壁《かべ》にもたれるようにして床《ゆか》に座り込んでいる。そして目の前にいるのはリヒャルトだ。

「わからないってことはないだろう。こんなに朦朧《もうろう》として、一体何があったんだ」

ミレーユを抱《かか》えるようにして傍《そば》に膝《ひざ》をついている彼は、険しい表情で誰かを責めている。

「すまない。予想外に足が速くて追いつけなかったんだ。屋根の上で男と向かい合っているのは見たが、相手はすぐいなくなってしまったし」

「男って、どこの」

苛立《いらだ》たしげに身を乗り出そうとしたリヒャルトが、ふとこちらを見下ろした。緊張《きんちょう》した瞳《ひとみ》がのぞきこんでくる。

「ミレーユ、大丈夫《だいじょうぶ》ですか。わかりますか?」

「気付けの酒でも持ってこよう」

続いたのはカインの声だ。サロンの奥にある倉庫へ彼らしい人影《ひとかげ》が入っていく。

「ど……どうしよう、リヒャルト……」

ミレーユは必死に声を押し出した。さっきから自分の身体があちこちおかしい。力が入らないし、寒くもないのに震えが走る。思わずしがみつくと、いたわるように背中をなでられた。

「落ち着いて。何があったんです?」

「……ばれちゃったの、フレッドの顔を知ってたみたいで、ランスロットに……」

「——ランスロット?」

思いも寄らない名前だったようで、リヒャルトが訝《いぶか》しげに眉根《まゆね》を寄せる。

「そういえば昨日遭遇《そうぐう》したと聞きましたが……。でも、どうしてそんなことに」

「そのときに大事なものを盗《ぬす》まれたの。どうしても取り返したくて、捕《つか》まえようと思って追いかけたら、近くで顔を見られて、女だってばれちゃって、それで……」

リヒャルトは呆然《ぼうぜん》と目を見開き、たどたどしく説明を続けるミレーユを見つめた。

「よくわかんないんだけど、匂いが女だとか言ってきて、顔を舐《な》められて……、でも大丈夫、カインの猫《ねこ》が助けてくれたし、舐められたの、ほっぺだけだし――」

肩に置かれた手に力がこもり、ミレーユは戸惑って顔をあげた。

「……そういう問題じゃない」

さっきまでと打って変わって硬《かた》い声だ。いつもは優《やさ》しい瞳が苛立ちの色を浮《う》かべている。

「危ないことはしないでと言ったでしょう。あなたはいつも無謀《むぼう》で自覚がなさすぎる。自分が女性だということをもっとしっかり考えてください。何かあってからじゃ遅《おそ》いんですよ」

いつになく強い口調に、ミレーユはしゅんと俯《うつむ》く。こればかりは明らかな失態だ。怒《おこ》られても文句は言えない。

「ごめんなさい……。この落とし前は自分でつけるわ。絶対にあいつを捕まえてみせるから」

「だから……、今はそのことで怒ってるんじゃないんですよ。こんな夜中に出歩くような非常識なことをしないでほしいと言ってるんです」

「どうしても捕まえたかったのよ。せっかくもう少しで取り返せたのに……」

「それは担当の役人に言っておきますから、ランスロットのことはひとまず忘れてください。

言うことを聞いてくれないなら、エドゥアルト様に言って別邸《べってい》に閉じ込めてもらいますよ」

「でも、放っておいたらフレッドのことをばらされちゃうかもしれないじゃない。あたし、間近であいつを見たのよ。顔はわからなかったけど、体格とかは何となく覚えてるし、ちょっとは役に立てるんじゃ……」

「だからそれは、あなたがやることじゃない！」

初めて聞く荒《あら》い声に、びくっと身体が震える。

「いい加減に気づいてください。あなたは自分で思ってるよりもずっと危なっかしい人なんです。あなたを見てると心臓がいくつあっても足りない。お願いですから俺のいないところで危険なことはしないで――」

急にリヒャルトは言葉をのみこんだ。ミレーユが瞳を潤《うる》ませているのに気づいたらしい。

「そ……そんなにぽんぽん言わなくたって、自分が悪いのはわかってるわよ……」

震える声で言って、ミレーユは急いで目元をぬぐった。腕を押しやるようにして立ち上がると、気まずそうな顔でリヒャルトも立ち上がる。

「あの、ちょっと待って――」

「なによ、まだ言い足りないことがあるの。大人《おとな》しくしてればいいんでしょ、わかったわよ、この説教大臣っ！」

「せ……」

絶句する彼に背を向け、ミレーユはサロンを飛びだした。

リヒャルトにあげるはずのショールを取り戻《もど》せなかったばかりかフレッドまでも窮地《きゅうち》に陥《おとしい》れてしまった自分が情けなくて、白百合の宮へ戻ってもまだ涙《なみだ》は止まらなかった。

「——どうかしたのか？」

今ごろになってカインが酒の瓶《びん》と杯《さかずき》を手に戻ってきた。

追いかけようとしたもののすぐ鼻先で扉《とびら》を閉められ、自己嫌悪《けんお》の嵐《あらし》に陥っていたリヒャルトは、扉にもたれたままため息まじりに答える。

「……何でもない……」

「だが、心音が乱れている」

「…………」

「飲むか？」

リヒャルトは疲《つか》れたような顔で振《ふ》り返り、カインの掲《かか》げた酒瓶を見てうなずいた。

「……飲む」

第四章　禁じられた恋

王宮の薔薇《ばら》園は、季節を問わず花が絶えることはない。

その最奥《さいおう》、黄薔薇の咲《さ》く東園の温室は、三人が一堂に会する唯一《ゆいいつ》の場だった。

「――エレノア・ダールトン？」

眼鏡《めがね》をずり上げながらアシュウィックが問い返す。王立書物館で司書を務める彼は記憶《きおく》力に定評があったが、さんざん首をひねったあとで出てきた答えは期待に反するものだった。

「すみませんが記憶にありませんねぇ。あまり離宮《りきゅう》には行ったことがないもので」

「そうか……」

リヒャルトはつぶやいた。テーブルに置かれたカップに茶を注《そそ》ぐ青年を見上げる。

「覚えがないか、レオドル」

麦わら編みの帽子《ぼうし》を首にかけた薔薇園の管理人は、生真面目《きまじめ》な顔で答えた。

「申し訳ありません。自分は離宮にもよくお供しましたが、まったく覚えがありません」

「……そうか」

「レオドルは侍女《じじょ》の名前なんてハナから覚えない人ですから。それに偽名《ぎめい》かもしれませんし。

顔を見たら思い出すかもしれませんが——何か気になることでもあるのですか？」

考えこんでいたリヒャルトは軽く眉根を寄せた。

「偽名にしても、マリルーシャに近しかった者がいるのは間違《まちが》いない。あの公女は事情に詳《くわ》しすぎる。首飾《くびかざ》りも本物だった。それに——どうやらエレノアは王女殿下《でんか》を意識している」

アシュウィックとレオドルが目を見交《みか》わす。

「それは……本格的に見張っていたほうがいいのでは？」

「フレッドとカインがやってくれてるよ。ただ、王女殿下のお傍にいられないから、それが気がかりなんだ」

「確か今、伯爵《はくしゃく》の妹君がお傍におられるんですよね？　話し相手としては充分《じゅうぶん》でしょう？」

「まあ、そうなんだが……」

言いよどんだリヒャルトを見て、アシュウィックはくすりと笑《え》みをこぼした。

「お気持ちはわかりますよ。男装の時は何とも思いませんでしたが、女性の姿の時はサラ様によく似ていらっしゃいますね。年の頃《ころ》もちょうど同じくらいですし」

「……」

「顔立ちというより、表情でしょうかねえ。ミレーユさんでしたっけ？　あの方なら、サラ様のようにドレスのまま木登りしたり裸足《はだし》で庭を駆《か》け回ったりしそうですもんね」

「アシュウィック」

レオドルが鋭《するど》く制する。アシュウィックは口をつぐみ、申し訳なさそうに頭をかいた。

「すみません……、つい懐《なつ》かしくて」

「いいよ。──俺も同じことを考えていたから」

わざわざ指摘《してき》されなくても、もうずっと前から気づいていたことだ。

今はもう思い出の中にしかいないのに、彼女は時折、幻《まぼろし》のように目の前に現れる。それがただの錯覚《さっかく》であることも、目の前にいるのがミレーユという名の別の少女だということもちゃんとわかっているのに、見間違《みまちが》えた一瞬《いっしゅん》はいつも心臓が止まりそうになる。

それを後ろめたいと思う気持ちもあって、ミレーユとの間に気まずい雰囲気《ふんいき》が流れている現状は思った以上にこたえていた。

「ところで、顔色がひどいですが。──もしかして昨夜飲んじゃいました?」

うかがうようにふたりに見つめられ、リヒャルトは深いため息をついた。

「……そっとしておいてくれ……」

これから出かけなければならないというのに、彼の二日酔《ふつかよ》いは治らないままだった。


昼間のルーヴェルンは、夜とはまた違《ちが》った雰囲気の賑《にぎ》わいをみせている。

女官のお仕着せの上にショールを羽織り、ミレーユはとある建物の前に立っていた。

エレノアが訪れたのがこの店だった。中に入るのをこの目でみたのだから間違いない。通りすがりの人によると娼館《しょうかん》らしいが――。

(何しに来たんだろ、こんな場所に……)

彼女の素姓《すじょう》を知りたがっていたセシリアも、先日娼館街で見失ったと報告したらさすがに奇《き》妙《みょう》な顔になっていた。

入ってみるべきかとおそるおそる中をのぞきこんでいると、ふいに背後からぽんと肩《かた》をたたかれた。

「これはこれは、奇遇《きぐう》ですのう、お嬢《じょう》さん」

ふりむいたミレーユは目を見開いた。先日ルーヴェルンで出会った、ひったくりに遭《あ》った老人がにこにこしながら立っていたのだ。

「この前の――ええと、トーマスさん、でしたよね」

別れ際にきいた名を思い出して確認《かくにん》すると、老人は嬉《うれ》しそうにうなずいた。

「先日はありがとう、ミレーユさん。今日はおひとりですかな」

「ええ。その後、お身体《からだ》のほうは？」

「平気ですじゃ。本当に優しいお嬢さんだのう。しかし先ほどから娼館の前をうろついておられるようじゃが、入ってみたいのですかな？　よろしければお供しますぞ」

「え……でも」

親切な申し出を受けてもよいものかと迷っていると、女の怒鳴《どな》り声が割り込んだ。

「エロジジイ、女ひっかけてる場合じゃないでしょうがっ！　こうしてる間にもリヒャルトが

——」

わめきながらやってきた金髪《きんぱつ》の女性が、ミレーユを見てふと口をつぐむ。次の瞬間《しゅんかん》、互《たが》いが誰なのか認識したふたりは同時に叫《さけ》んだ。

「オカマ！」

「まないた！」

一瞬の間の後、罵声《ばせい》が飛びあう。

「あんたに言われたくないわよ、偽物《にせもの》の胸のくせに！」

「誰がオカマよ、ちんちくりんの小娘《こむすめ》が！」

「おや、お知り合いですか、おふたりとも」

のほほんとした顔でトーマスが割って入り、金髪の自称魔女《じしょうまじょ》ははっと顔をこわばらせた。

「そうだ、こんなことしてる場合じゃないわ、リヒャルトが悪い女に拉致《らち》されたのよ！」

「拉致⁉」

ミレーユは目をむいた。足早に歩き出すルーディを慌《あわ》てて追いかける。

「早く見つけないと取り返しのつかないことになるかもしれないわ。今日はいったいどいつがやったのかしら。タチアナかエーファかビアンカ……ひょっとしてクラリスかも」

「ね、ねえ、リヒャルトってそんなにもてるの？」

面食《めんく》らいつつ訊《たず》ねると、ルーディはくわっと振り返った。

「あんたの目は節穴⁉　あんなに男前なのにもてないわけないじゃないっ。——ま、わたしが全部阻止《そし》してるから、リヒャルト本人は気づいてないけどね」

満足気につけくわえる。その剣幕《けんまく》に一瞬おされたミレーユだったが、しばし考えてから口をひらいた。

「ルーディって、ほんとにリヒャルトのことが好きなの？」

「はあ？　今さらなにを……」

「いや、そうじゃなくて……、やっぱり男の人のほうが好きなのかってこと」

長い金色の巻き毛に人目をひく派手な美貌《びぼう》、抜群《ばつぐん》の体型を誇《ほこ》る自称魔女は、実は正真正銘《しょうめい》の男性である。リヒャルトに好意を持っているらしいのは言動を見ればわかるが、これまでそういった性癖《せいへき》を持つ人が周囲にいなかったため、どこまで本気なのか判断がつかないのだ。

真剣《しんけん》な顔で訊《き》かれ、ルーディは呆気《あっけ》にとられたようだった。思わず毒気も抜《ぬ》かれたらしい。

「……あんた誤解してるようだけど、わたしは別に男が好きなわけじゃないわ。それ以上に女が嫌《きら》いなだけよ」

「じゃあなんで女の子の恰好《かっこう》を――」

「うるさいっ、趣味《しゅみ》なのよ文句ある⁉」

眉《まゆ》を逆立ててがなると、ルーディはふんと鼻を鳴らした。

「リヒャルトはわたしにとっちゃ弟みたいなもんなの。弟に妙《みょう》な虫がつかないよう見張るのは当然のことでしょ」

「弟……。てことはルーディってリヒャルトより年上なの？」

「黙《だま》らっしゃい！　今度年齢《ねんれい》のこと言ったら殺すわよ!?」

「なによっ、そんなに怒《おこ》らなくてもいいじゃない！　あたしはただ、思ったより歳がいってるんだなあって思って」

「それが余計なことだって言ってんのよ！」

昼間の歓楽街《かんらくがい》で言い争う少女ふたりを、道行く人々は何事かと見ている。ルーディは彼らを一睨《ひとにら》みすると、不機嫌《ふきげん》な顔のまま再び歩き出した。

「……リヒャルトを最初に拾ったのはわたしだからね。最後まで守る義務があんのよ」

「拾った？」

「ああ、噂《うわさ》をすれば、見つけましたぞ」

トーマスが指さすほうを見ると、少し先にある茶屋の店先にリヒャルトらしき後ろ姿がある。彼と向かい合って座っているのは見知らぬ少女だ。

何を話しているのかは聞こえないが、少女は楽しそうに頬《ほお》をそめて笑っている。さすがに鈍《どん》感《かん》なミレーユにも、彼女がリヒャルトに好意を持っているのは一目でわかった。

「あの人、リヒャルトの恋人《こいびと》？」

「んなわけないでしょボケがっ」

かみつくようにがなると、ルーディはいまいましげに彼女をにらみつけた。

「あれはお針子のステラ……。昔リヒャルトが道端《みちばた》で助けたのをいいことに、その後もちょっかいかけて来てんのよ。ったく、あのクソガキ……」

「ちょっと、そんな言い方ないんじゃない。あたしよりは年下に見えるけど、でも子どもってわけでもなさそうだし」

そう言いつつもミレーユは少し戸惑《とまど》っていた。リヒャルトと一緒《いっしょ》にいる少女は想像よりもかなり幼かったからだ。

「今はたしか十三かそこらだけど、最初にリヒャルトが助けた時はまだ十をやっとすぎたくらいのガキだったのよ。何かっつーとリヒャルトを呼び出して」

「ほおお。娼館街にきておいて幼女と密会とは、なかなか通ですのう」

感心したようにトーマスが言い、ミレーユは思わず頬をおさえた。

「そんな……、リヒャルトが幼女趣味だったなんて……」

「とにかく近くに行くわよ。ここからじゃなに話してるか聞こえやしない」

三人はこそこそと物陰《ものかげ》に身を潜《ひそ》めながら茶屋の店先へと近づいた。リヒャルトたちが座っている席からひとつ空けたテーブルに客を装ってさりげなく座る。

通りに面した席だったが、他《ほか》に客が少ないこともあって彼らの話し声はよく聞こえた。

「リヒャルトさん、忙《いそが》しそうだから、こんなことを頼《たの》むの心苦しいんだけど」

「その友達というのも、ルーヴェルンの娘《むすめ》？」

何か相談を持ちかけられているらしく、リヒャルトは真面目な顔で少女を見ている。

「ええ。ニナっていうの。なんだかあやしげな人たちと付き合いがあったみたいだから心配で。前にもお金持ちのお客さんについていってしばらく帰ってこないことがあったから、またかって思ってたんだけど、でももう二ヶ月以上行方《ゆくえ》がわからないし……」

「念のため、役所のほうに言っておくよ」

「ありがとう、リヒャルトさん」

少女が嬉しそうに礼を言い、リヒャルトは少し笑ってカップを口へと運んだ。

「――何か特徴《とくちょう》は？」

「んー……歳《とし》は十七くらい。髪《かみ》はちょっと赤っぽい栗色《くりいろ》で、かなりきれいな子よ。お店でもすごく人気があるの」

「へえ」

「あ、興味なさそう。リヒャルトさんったらいっつもそうなんだから。ルーヴェルンに来ても全然遊ばないで帰っちゃうなんて、もったいないと思わない？」

口をとがらせて、少女はリヒャルトの顔をのぞきこむ。ルーディの目がぎらりと光った。

「クソガキが、よくもリヒャルトに色目を……っ」

「しっ！」

「てめーみたいなガキが相手にされるわけないだろうがっ」

「ルーディ！　声が大きいし男言葉になってる！」

飛び出そうとするルーディをミレーユは慌てておさえる。もつれあうようにしてじたばたしていると、気配に気づいた少女が怪訝《けげん》そうにこちらを見た。

「何かしら、あの人たち」

「ん？」

茶を飲んでいたリヒャルトがふりむく。二つ向こうの席でからまっている三人を見つけ、目を見開いた。

ぶほっと茶を噴《ふ》いたのを見て、少女が驚《おどろ》いたように叫ぶ。

「リヒャルトさん⁉」

「ああもう、見つかっちゃったじゃないっ」

ミレーユは気まずさのあまり少し赤くなった。まったくそんなつもりはなかったのに、これではまるでリヒャルトの逢い引きを出歯亀《でばかめ》しにきたみたいではないか。

噴出《ふんしゅつ》しついでにむせ返るリヒャルトは、いつになく動揺《どうよう》しているようだ。そんな彼に、背後にいたトーマスが歩み寄った。

「これはこれは孫どの。昼間からこんなところで会うとは奇遇《きぐう》ですのう」

ぎょっとしたようにリヒャルトが顔をあげる。

「男爵《だんしゃく》……」

「孫？」

ミレーユはぽかんとしてふたりを見比べた。軽く顔をひきつらせているリヒャルトと対照的にトーマスのほうはすこぶる嬉《うれ》しそうだ。

「え……？　リヒャルトのお祖父《じい》さんなの？　てことはもしかして、ラドフォード男爵……」

「知らないでつきあってたの？　アホね」

「だ、だって……、えええっ！」

ひたすら驚くミレーユをよそに、ルーディとトーマスはいっせいにリヒャルトに群がった。

「ルーヴェルンには近づくなって言ったでしょ！　また色ボケ女に攫《さら》われたらどうすんのっ」

「なかなか家に寄り付かないと思ったら、こんなところに入り浸《びた》っておったんですのう。まったく悪い子じゃのう」

「………」

からまれたリヒャルトは片手で頭をかかえ、激しく落ち込んでいた。

数日前は寝《ね》ぼけて襲《おそ》いかかり、昨夜は大声を出して泣かせた上、今日はこんな現場まで目撃《もくげき》されてしまった。しかもちゃっかり男爵は顔見知りになっているらしい。

（最悪だ……）

ルーヴェルンにある店の約三割はラドフォード男爵が経営権を持っている。グリンヒルデにいる間は常に店回りをしている働き者の祖父のことを忘れて待ち合わせ場所を選んでしまったことが、彼の最大の過《あやま》ちだった。

三人の乱入でリヒャルトの逢い引きがぶち壊《こわ》された後。

どうしても彼を安全な場所に送り届けたいとルーディが言い張ったせいで、ミレーユはトーマスとふたりで帰路につくこととなった。

「公爵閣下にはいつもお世話になっておりますのでのう。ご令嬢《れいじょう》に助けていただいたことも、あらためてお礼にうかがわねば」

「パパと親しいんですか？」

「そりゃあもう……。閣下がまだ王宮におられたころから存じ上げておりますじゃ。一時はリヒャルトを預かっていただいたこともありましてのう」

「預かるって？」

男爵は少し考えるように黙ってから、微笑《ほほえ》んでミレーユを見た。

「リヒャルトがシアランから来た事情はご存じかな？」

「ええ。ご両親が亡《な》くなって、妹さんと一緒に男爵に引き取られたって。たしか、男爵の娘さんがリヒャルトのお母さんなんですよね」

「ふむふむ、そう聞いておられるのですな。まあ、だいたい間違《まちが》ってはおらんのう」

顎《あご》をなでながら、独り言のようにつぶやく。

「わしはこう見えて世界をまたにかける船乗りでしてな。リヒャルトを引き取ることになった時も、すぐにまた国を出ねばならなかったのですよ。それでかわいそうだとは思ったが、公爵閣下にお預かりいただいてモーリッツ城で療養《りょうよう》させることにしたのですじゃ」

「療養って、どこか悪かったんですか？」

「いやいや、アルテマリスに来るときにちょっと怪我《けが》をしましてな。それで大事をとって静養させたのですじゃ。二月か、三月か……。その後、閣下のおはからいで貴族学院に入れていただきましてのう。いやほんとに、お世話になりっぱなしですじゃ」

「そうだったんだ……」

父の意外な一面を見たようで、ミレーユは少し感心した。そんなにも昔から縁《えん》があったのだと思うと感慨《かんがい》深い。

すると何か思い出したのかトーマスはくすくすと笑い出した。

「しかし、今日はおもしろかったのう。孫どのがあんなに慌《あわ》てた顔をしたのを見るのはひょっとすると初めてかもしれませんぞ。歓楽《かんらく》街での逢い引きをあなたに見られたのがよほどショックだったらしい」

「そんな……。あたし、誰にも言いふらしたりしないのに」

「だが、ちょっと安心いたしましたよ。あんな表情をすることもあるのだと、今まで知らなかったからのう」

しみじみとつぶやくトーマスを、ミレーユは首をかしげて見つめた。

「実を言うと、リヒャルトとはひとつ屋根の下で暮らしたことがないのですじゃ。わしは仕事でめったに屋敷《やしき》に寄り付かんし、リヒャルトは学校を出たら騎士《きし》の官舎に入ってしまいましたのでな。学生のときも、長期休暇《きゅうか》にはフレデリックさまに誘《さそ》われてモーリッツ城に行っていたし。——だから、リヒャルトがあなたに憧《あこが》れるのもわかる気がするのですじゃ」

「へ……あたしに?」

「あの子は早くに両親を亡くしておるし、実の妹とも引き離《はな》されて育ったからのう。わしも祖父とは名ばかりでほとんど他人のようなものだし。家族に愛されて育ち、兄妹仲もいいあなたが、きっとまぶしいのだと思いますよ」

思ってもみなかったことを言われ、ミレーユは戸惑《とまど》って黙《だま》り込んだ。そんなふうに思われていたなど今まで意識したこともなかったのだ。

(そういえばリヒャルトには妹がいるんだったわ。兄妹なのに一緒《いっしょ》に暮らせないなんて、うちと同じ……。事情はよく知らないけど、今でも会ったりしてるのかしら)

フレッドが養子に行ってから数年は寂《さび》しくてたまらなかった。歳を重ねるにつれ慣れたし、フレッドがあっけらかんとしょっちゅう遊びにくるのであまり気にならなくなっていったが、これは稀有《けう》な例だろう。ふつうは養子にやられたらそこで交流は途絶《とだ》えるだろうから。

「あの……訊《き》いてもいいですか？」

「何ですかな」

「……リヒャルトと妹さんって、最初は一緒に男爵に引き取られたんですよね。なのにどうして妹さんだけ養女にやられたんですか？」

きっと複雑な事情があるのだろうと思いながらも、リヒャルトの心中を思うと訊かずにはいられなかった。

ミレーユの心を察したのか、男爵はどこか慈《いつく》しむような目をした。

「理由はいろいろありますがの。どうしても、ふたり一緒に暮らすことはできないのですよ。そもそも妹嬢《じょう》はリヒャルトが兄だと知らされておらんしのう」

「えっ……どうして？」

「別れた時、妹嬢はまだお小さかったし、引き取られた先のことも考えて兄がいたということはなかったことにしようと周りの大人《おとな》たちが決めてしまいましてな……。かわいそうだとは思うが、それがお互《たが》いのためには良いことなのかもしれんから」

「そんな……」

妹に兄だと名乗れないというのは、一体どんな気分なのだろう。彼がそんな思いを抱《かか》えていたなんて予想もしていなかった。

「リヒャルトは、妹さんと一緒に暮らしたいって思わないのかしら」

「思っていたとしても、口には出さないでしょうのう。そのあたりをわきまえ過ぎている子じゃから。いつも気にかけているのは知っておるが、どうにもしてやれませんでの」

「……」

もしかしたら、とミレーユは心の中でつぶやいた。

自分への接し方を思い返してみると、兄が妹にするように大事に世話を焼かれてきた気がする。ひょっとして彼は自分に妹のことを重ねて見ているのではないだろうか。

考えるうち、ふとある可能性が頭に浮《う》かぶ。

（もしかして『サラ』って妹さんの名前とか……？）

「優《やさ》しいのう、ミレーユ嬢は。リヒャルトのことを心配してくれるのですな。でもできれば男爵《だんしゃく》じゃなく、トーマスと呼んでくれんかのう」

「え？　ええ、じゃあトーマスさん」

「ああ、もっと贅沢《ぜいたく》を言っても良いじゃろうか。不憫《ふびん》な孫にせめて心安らげる場所を与《あた》えてやりたいと願う、この老いぼれの思いを受け入れてもらえるかのう。うちにお嫁《よめ》にきてくれて、わしをおじいさまなんて呼んでくれちゃったりしたら、ものすごーく嬉《うれ》しいんじゃがのう」

「ええ……考えとくわ。それよりトーマスさん、あの」

考えごとをしていたミレーユは、男爵の思惑《おもわく》にも気づかず生返事をして身を乗り出した。

「リヒャルトの妹さんって、もしかして『サラ』って名前？」

トーマスはぱちぱちと目を瞬《またた》いた。急に話が変わって面食《めんく》らったようだ。

「いや、全然違《ちが》いますぞ。誰ですかのう、それは」

「あ……、そうですか」

勘《かん》は見事にはずれた。拍子抜《ひょうしぬ》けしてミレーユは肩《かた》を落とした。

王宮へ戻《もど》ったミレーユは、夜になってようやく自由を取り戻した。

リディエンヌに編み物会にしばらく出られない旨《むね》を謝るため会いに行ったら、あれこれと引き止められて帰れなくなってしまったのだ。付き合うと言った手前申し訳なかったが、当の毛糸が盗《ぬす》まれてしまったのだからどうしようもない。明日もお茶の時間を一緒に過ごすという約束で許してもらった。

(さて、次は白薔薇《ばら》の宮ね。エレノアはもう帰ってきてるかしら)

その前に一旦《いったん》着替《が》えに行かねばならない。ミレーユは白百合の宮へ向かったが、いくらも進まないうちに聞き覚えのある声がしてきて足をとめた。

「僕はもう惑《まど》わされないぞ。おまえはおまえ、彼女とはまったくの別人なのだからな!」

断言するように叫《さけ》んだのはヴィルフリート王子の声だ。何事かとそちらに行ってみると、階段の踊《おど》り場で王子とフレッドが向かい合っている。王子の本日の着ぐるみは獅子《しし》だ。

「すみませんが、話がよく見えません。殿下《でんか》のおっしゃる『清楚《せいそ》で控《ひか》え目で可憐《かれん》な淑女《しゅくじょ》』とは、一体誰のことです?」

「だから何度も言っているだろう。この前セシリアの宮殿《きゅうでん》で一緒にいただろうが」

「……心当たりがないですねえ」

本気でわかっていないようなフレッドに、ヴィルフリートは右前脚《まえあし》を突《つ》きつけた。

「僕は横恋慕《よこれんぼ》などしないと言っている! ただ昨今の怪奇《かいき》現象を解決したいだけだ!」

「なるほど。気の毒なのでぼくも協力しますよ。具体的な解決策をおっしゃってみてください」

「……おまえが協力だと? なにを企《たくら》んでいる」

「手始めに温泉でも行ってみますか? 以前誘ってくださいましたよね」

ヴィルフリートは慌てたように後退《あとじさ》った。

「ば、馬鹿《ばか》なことを言うな。そんなことをしたら、取り返しのつかないことに――」

「たまには裸《はだか》の付き合いもいいかもしれませんね」

「何だと⁉　貴様には、は、恥《は》じらいというものがないのかっ」

焦《あせ》るヴィルフリートと対照的にフレッドは悠然《ゆうぜん》と構えている。彼はふと王子の着ぐるみに目を留《と》めた。

「その着ぐるみ、恰好《かっこう》いいなあ。ちょっと貸していただけませんか？」

言うなり彼は上着を脱《ぬ》ぎ始めた。ヴィルフリートが目を瞠《みは》る。

「何をしている⁉」

「殿下も脱いでくださいよ。この前はぼくの白熊《しろくま》を貸してさしあげたでしょ。今度は殿下の番ですよ」

「だからといって、なぜここで脱ぐんだ！」

「別にいいじゃないですか。男同士だし」

さっぱり気にしていない様子で、フレッドはシャツ一枚になると、ためらいなくタイをほどいた。ヴィルフリートが顔をひきつらせ、目を前脚で覆《おお》う。

「やめろおおおぉぉぉ――――‼」

緊迫《きんぱく》した叫びが響《ひび》きわたった。

ふたりのやりとりを訝《いぶか》しげに見ていたミレーユは、ヴィルフリートの悲鳴を聞いて慌てて階段を駆《か》け上った。

「何やってんの⁉　嫌《いや》がってらっしゃるじゃない！　なんでいきなり服を脱ぐのよ」

突然《とつぜん》現れた妹を見て、フレッドは拍子抜けしたような顔になる。

「あーあ、もうちょっとだったのに。はっきりさせてあげたほうが殿下のためなんだよ？」

「何が殿下のためよ！　見なさいよ、また吐血《とけつ》してらっしゃるじゃ……、ヴィルフリートさま!?」

膝《ひざ》をついてうなだれた獅子は、顔をおさえた前脚の隙間《すきま》から盛大に血を滴《したた》らせていた。

「いやあああっ、しっかりしてください――!!」

「血の気多すぎ……」

涙目《なみだめ》になってかがみこむミレーユの隣《となり》で、フレッドが呆《あき》れたようにつぶやいた。


窓辺に立ち、暮れかけた景色《けしき》を眺《なが》めながら、セシリアは物思いにふけっていた。

右手には一通の封書《ふうしょ》がある。マリルーシャの茶会を辞す時あちらの侍女《じじょ》がひそかに渡《わた》してきたものだ。

『姫《ひめ》様の昔の名を存じ上げております。いつの日か内密にお話などできれば幸いです。

エレノア・ダールトン』

書かれているのはたったの二行。だがそれだけでセシリアには何を言われているのかわかっ

ていた。

エレノアという侍女の顔にも名前にも覚えがない。何しろ七年も昔のことなのだ。彼女が本当に身近にいた人物なのかもわからない。

ミレーユの話によると、エレノアはルーヴェルンの娼館《しょうかん》に出入りしているという。それが何を意味するのかはわからない。わからないことだらけだ。

確実に言えるのは、彼女がセシリアの本名を知っているらしいこと、そしてあの公女をけっしてシアランへは連れて行かないだろうということくらいか。

おそらくは兄も伯爵《はくしゃく》も、セシリアがミレーユを使って何を調べているかとっくに気づいているだろう。彼女に危険が及《およ》ぶのはラドフォード卿《きょう》にも申し訳ない。エレノアの行動を探《さぐ》ればマリルーシャのこともわかるのではと思っていたが、尾行《びこう》調査はそろそろ打ち切ったほうがよさそうだ。

「――何の御用《ごよう》なの」

ふと背後に人の気配を感じ、むっつりと口をひらく。

背後で笑った気配がした。ふりむかずとも、それが誰なのかセシリアにはわかっていた。

「王女殿下のお顔を拝見しにまいりました」

「……わたくしは見せ物じゃなくてよ」

窓の外に目をやったまま、セシリアは眉根《まゆね》を寄せた。

「あなた、公女殿下の護衛で忙《いそが》しいのでしょう。こんなところへ来ていていいの？」

「お暇《ひま》をいただいてきましたから、大丈夫《だいじょうぶ》です」

「暇ができたからといって、いちいちわたくしのところへ来ないでちょうだい。サロンでのんびりお昼寝《ひるね》でもしていたらいいでしょう。そのたびにあなたの相手をしなくてはならないわたくしの迷惑《めいわく》も考えてくださらない？」

我ながらいつにも増して可愛《かわい》くない発言だったが、今日もやっぱり彼は怒《おこ》らなかった。

「ではすぐに帰りますから、お顔を見せてください」

穏《おだ》やかな声がすぐそばで聞こえ、制服に包まれた腕《うで》がのびてくる。やんわりと頰《ほお》にふれられ振り向かされた。

優しい微笑《びしょう》が、ふと気遣《きづか》わしげに曇《くも》る。

「お顔の色が冴《さ》えませんね。どうされました」

「別に、どうもしないわ」

「——失礼」

頰を挟《はさ》まれたまま上向かされる。近づいてくる顔を見て反射的に目をつむると、額にぬくもりが当たるのを感じた。

「……熱はないようですね」

くっつけていた額を離《はな》し彼は独り言のようにつぶやく。セシリアは平常心を装ったが、頰が熱くなるのは止められなかった。

「いつまで子ども扱《あつか》いするつもり？　わたくしはもうすぐ十四になるのよ」

「ああ——失礼しました」

ぷい、と横を向くセシリアを見て、リヒャルトは笑って身体《からだ》を離す。そのまま何もなかったように窓辺を離れた。

「念のために侍医《じい》を寄越《よこ》しますから、お薬をいただいたらちゃんと飲むんですよ」

本当にそのまま行ってしまいそうなので、セシリアは思わず呼び止めた。

「あの、ラドフォード卿」

「はい」

「……本当に、シアランへ帰るつもりなの？」

ふりむいたリヒャルトは一瞬《いっしゅん》表情を消し、すぐに微笑んだ。

「いずれそうなるでしょうが、でも当分先ですよ」

「……」

「窓際は冷えますから、中へ入っていてください」

そう言って、彼は踵《きびす》を返して部屋《へや》を出て行った。


ミレーユは急いで首をひっこめると、一目散に回廊《かいろう》を駆け戻《もど》った。

そのまま白百合の宮を出て、背後に誰もいないことを確かめてからようやく足を止める。

心臓が盛大に騒《さわ》いでいるのは、ただ全力疾走《しっそう》したからだけではない。

（……あれって、やっぱりそうよね。どう見ても……してたわよね、あのふたり……）

覗《のぞ》き見するつもりなど微塵《みじん》も無かった。あのふたりがいた部屋を通り抜《ぬ》けなければ、自室として借りている部屋へ入れない。話し声がしたから何気なくのぞいてみただけなのに。

（どうしよう……、とんでもないものを見てしまったわ……！）

窓辺にいたセシリアにリヒャルトが近づいて、ごく自然に顔を寄せ合って――。

顔を離したあと、頬を染めてそっぽを向くセシリアを、リヒャルトは優《やさ》しく笑って見つめていた。

セシリアがリヒャルトを信頼《しんらい》し、リヒャルトがセシリアを大事にしているであろうことはわかっていたことだが、まさか誰もいないところで口づけをかわすような仲だったなんて。

（でも、あのふたりって結構年の差があるわよね。リヒャルトは十九歳でセシリアさまは十三歳くらいだっけ。いや、恋《こい》に年齢《ねんれい》は関係ないかもしれないけど……もしかして本当に幼女趣味《しゅみ》なのかしら？　セシリアさまは幼女というほどお若くはないけど……。いや、リヒャルトが幼女好きでもあたしは変な目では見ないけど！　ていうか王女様と騎士《きし》って付き合っちゃってもいいの？　そもそもセシリアさまってフレッドのことがお好きだったんじゃないの!?）

驚《おどろ》きと混乱で思考がぐちゃぐちゃだ。蒼《あお》ざめて両頬をつつんだミレーユは、やがてはっと息をのんだ。

（ひょっとして、あの時のあれって『サラ』じゃなくて『セシリア』って呼んだんじゃ……？）

聞き違《ちが》えたのかもしれない。そう考えると一気に真実味がわいてくる。

「ミレーユ？」

「きゃああっ」

いきなり声をかけられてミレーユは飛び上がった。ふりかえり、声の主《ぬし》がリヒャルトだとわかってますます動転する。いつのまにか追いつかれていたらしい。

「どうしたんですか、こんなところで」

狼狽《ろうばい》ぶりに驚いたのか、リヒャルトは軽く目を見開いている。さりげなく近づいてくるのを見て頭に血が上った。

「なななんでもないっ」

ただでさえ、仮眠《かみん》室で寝《ね》ぼけた彼に抱《だ》きつかれて以来、そばに寄られるとどうにも落ち着かなくて思わず足が逃《に》げてしまうという症状《しょうじょう》に見舞《みま》われていたのに。セシリアとのあんな場面を見た後では、どんな顔をして話せばいいのか見当もつかない。

「あ、あたし、忙しいからっ、じゃあね！」

我ながら不自然な去り際だと思いつつも、耐《た》えられずに踵を返す。だが、

「待ってください」

呼び止められると同時に、遠慮《えんりょ》がちに腕を摑《つか》まれた。

びくりと震《ふる》えたのがわかったのか、彼はためらうような顔をして手を離した。

「その……、謝ろうと思っていたんです。昨夜、大声を出したこと」

ミレーユは思わず身体を硬《かた》くした。昨夜のことを思い出し、ますますいたたまれない心地《ここち》に

なる。彼が謝るようなことは何もないのだ。むしろ、いつも穏やかな彼にあんな大きな声を出させてしまった自分のほうこそ謝らなければならないだろうに。

少し距離《きょり》を置いて向かい合ったまま、ふたりの間に緊張《きんちょう》に満ちた沈黙《ちんもく》が流れる。

早く自分も謝らなければ。そう思えば思うほど焦《あせ》りだけが募《つの》って言葉が出ない。口を開いたらセシリアのことを問いただしてしまうかもしれない。

逃げられるのを怖《おそ》れてか、リヒャルトは以前のように無理に距離を縮めてこようとはしなかった。もどかしげにため息をつき、どこか思いつめたような顔で口をひらいた。

「それから……仮眠室での件なんですが」

思わずぎくりとして顔をあげる。その反応を見てリヒャルトも動揺《どうよう》したように目を泳がせた。

「あの……実は記憶《きおく》がなくて……、何をしでかしたのか教えていただけるとありがたいというか……、あの、あとでいくらでも殴《なぐ》ってもらって構わないので……」

しどろもどろで意味不明な弁解を不審《ふしん》に思う余裕《よゆう》すらなく、ミレーユは彼の口元にくぎづけになっていた。さきほど見てしまった光景がよみがえり、あらぬ方向へ妄想《もうそう》が飛躍《ひやく》する。

（この口がセシリアさまと……ふたりは禁断の恋人同士だったんだわ……!!）

「す、すみません、あの」

一気に真っ赤になったミレーユを見てリヒャルトは焦ったようだった。思わずのように一歩踏《ふ》み出され、ミレーユの思考能力が限界に達する。

「ご、ごめんなさい、絶対誰にも言わないから!!」

興奮のあまり息切れしつつ叫《さけ》ぶと、呼び止めるのを振《ふ》り切って猛然《もうぜん》とその場から逃げ出した。

とりあえず頭を冷やそうと一人になれそうなところを探し求めていると、書物館のほうから歩いてきた青年とすれ違った。

「──ミレーユ？」

声をかけられふりむくと、相手も足を止めてこちらを見ている。

細いふちの眼鏡《めがね》をかけた黒髪《くろかみ》の青年だった。長い前髪を分けて流し、暗い色の少し変わった形の上着をはおっている。

彼はにっこりと笑うと、いきなり両手を広げて抱きついてきた。

「よう、奇遇《きぐう》だなあ！」

「はあッ!!」

一瞬目を瞠《みは》ったミレーユは、気合いとともに迷わず拳《こぶし》をくりだした。ちょうど顎《あご》に命中し、彼はのけぞって尻餅《しりもち》をつく。

「──おまっ……、いきなり何すんだよ！」

「それはこっちのせりふよ！　あんた何!?　どこの変態!?」

まさか王宮でこの手の変態に出くわすとは思ってもみなかった。ミレーユは拳を構えたまま息を切らして男をにらみつけた。

「ただの挨拶《あいさつ》だろ！　女がグーで殴るなよ！」

「変態のくせに偉《えら》そうな口きくんじゃないわよ！　なんならもう一発やってもいいのよ⁉」

「ちょっ……待て、落ち着け！　あと、俺は変態じゃない！」

ずれた眼鏡をはずすと、男はよろよろと立ち上がった。

「わかった、悪かったよ。ついいつものくせで抱きついちまったんだ。許してくれ、ミレーユ」

「……あんた、誰？」

名前を知っているようだが、見覚えがない。少々気味が悪くなって訊《たず》ねると、相手はいささかショックを受けたようだった。

「すっかり忘れられてんだな……。俺だよ。ヒースだ」

ひきつった笑《え》みを浮《う》かべる男を、ミレーユはまじまじと見つめる。

「え……ヒースってあの、この前街で会った……？」

「そうだよ。ミレーユ」

言われてみれば灰紫色《はいむらさきいろ》の瞳《ひとみ》には覚えがある。だが遊び人ふうだった以前と違い、まるで別人のように印象が変わっていた。

「なんでそんな恰好《かっこう》してるの？　変装ってわけじゃないわよね」

「ちょっと仕事でね。そっちこそ、まさか王宮に出入りするような正真正銘《しょうめい》のお嬢様《じょうさま》だったとはな。びっくりしたぜ」

「仕事って？」

王宮に出入りできるということはそれなりの身分なのだろうが、どう見ても貴族には見えない。書物館の方から来たということは、学者か学生だろうか。それもまたしっくりこないが。

「それなんだが、おまえ、本当に覚えてないか？」

「何が？」

「この前な、別れたあとずっと考えてたんだけど」

ヒースは灰紫の瞳でじっと見つめながら言った。

「おまえ、出身はサンジェルヴェだろ？　シジスモン五番街区のパン屋の娘《むすめ》だよな？」

「えっ……!?」

「キリルやレガントとよく遊んでた……あのミレーユじゃないか？」

覚えのある名前を連発され、ミレーユは目をむいた。

「なんで知ってるの!?　あんた、何者!?」

「ここまで言っても俺のことは思い出さないのか……。じゃあ、【銀のたてがみ座】の奇術師《きじゅつ》って言えばわかるか？」

「銀の……って……」

サンジェルヴェにある、旅の劇団や芸一座が興行する劇場の名だ。芝居《しばい》や音楽、奇術などさまざまな催《もよお》しを安い値段で見ることができ、ミレーユも子どもの頃《ころ》からの常連だった。

その劇場で半年ほど滞在《たいざい》していた一座に黒髪の若い奇術師がいたことをようやく思い出し、ミレーユは目を見開いた。

「まさか、あのヒースなの？　たてがみ座の美形なバカ……」

「おい……。バカって何だよ」

「レティシアおばさんやソフィーが言ってたのよ。顔はいいのにどうしようもないバカだって」

「……あいつら……」

「じゃあ、ほんとにあの奇術バカなのね！　ひさしぶりね、元気だった？」

顔をひきつらせてうめくヒースと対照的にミレーユは声をはずませた。思えば彼にはよく面《めん》倒《どう》を見てもらったのだ。母のジュリアが目当てなのではと専《もっぱ》らの噂《うわさ》だったが、一座の他の子どもたちと一緒《いっしょ》に食事をごちそうしてもらったり、劇場めぐりに連れて行ってもらったりした恩は忘れていない。

「バカって言うなよ。――まあいいや。しかしこんなところでおまえに会うなんてなぁ」

「ヒースこそ、どうして王宮になんているのよ。奇術師の舞台《ぶたい》でもあるの？」

「そっちの仕事じゃなく、本業のほう。つーかおまえ、そんな恰好で王宮にいるってことは、兄貴の養子先に世話にでもなってるのか？　確か金持ちの家にもらわれていったんだよな」

「それにはいろいろ事情があるのよ。詳《くわ》しくは言えないんだけど……」

神妙《しんみょう》な顔で言いかけたミレーユは、ぎくりと目を瞠った。

回廊《かいろう》の向こうからリヒャルトが歩いてくる。周囲を見回しているところを見ると、どうやらミレーユを捜《さが》して追ってきたらしい。

「どうした」

急に挙動不審になったミレーユをヒースは不思議そうに見る。視線をたどってリヒャルトを見つけ、少し真面目な顔になった。

「なに。追われてんの？」

「う……ん」

「——こっち」

うろたえるミレーユを連れて庭に出ると、ヒースは繁《しげ》みの陰《かげ》にしゃがみこみ、声をひそめた。

「一丁前に言い寄られでもしてるのか。ガツンとやってきてやろうか？」

「しなくていい！　悪い人じゃないの、すっごくいい人なの！　あたしが勝手に逃《に》げて——」

「声がでかいんだよ」

ミレーユの口を手でふさぐと、ヒースは再び顔をあげる。回廊を歩いてきたリヒャルトが浮かない顔で視線をめぐらせているのが見えた。

「……あいつ、アルテマリスの貴族？　ひょっとしてシアラン人じゃないか？」

じっとリヒャルトを見つめていたヒースが低くつぶやく。口を覆《おお》った手をはずしてミレーユはうなずいた。

「出身はシアランだって聞いてるけど……、でも、どうして？」

「知り合いによく似てる。——こっちのほうが本家よりだいぶ賢《かしこ》そうだけどな」

声にかすかな皮肉がまじる。

リヒャルトの姿が見えなくなるまで、ヒースの視線が彼からそれることはなかった。

第五章　偽りの姫君

呼び出されたのは紅薔薇《ばら》の宮の一室だった。

王太子がひとりでよく籠《こ》もる部屋で、彼のお気に入りの絵画や美術品が彩《いろど》りをそえている。この場所に入ることが許されているのはごくわずかな者だけだが、リヒャルトは随分《ずいぶん》前からその名誉《めいよ》を与《あた》えられていた。

壁《かべ》には一枚だけ肖像画《しょうぞうが》がかかっている。ここへ来ると、この絵を見上げて気持ちをあらためるのが一つの儀式《ぎしき》のようになっていた。

シアラン公女マリルーシャ。両親と兄、縁戚《えんせき》の少年少女らに囲まれ、絵の中で無邪気《むじゃき》な笑顔《えがお》を見せている彼女は、このときまだ五歳だった。

今の自分は、あの頃のような無力な子どもではない。もういない大公と大公妃、そして消えた王太子の分まで彼女を守らなければならないのだ。騎士《きし》として――そして、それ以上の思いをもってしても。

「きみも飲むか？」

執務《しつむ》を終えて入ってきたジークが、酒のボトルを軽くかかげる。リヒャルトは真面目な顔で彼に向き直った。

「任務中ですので」

「ほほう。——任務中でなくとも飲めないくせに」

「……」

「そう睨《にら》むなよ」

声をあげて笑い、ジークは手近な長椅子《ながいす》に腰《こし》をおろした。うながされてリヒャルトも向かい側に席をとる。

「『シアラン公女マリルーシャ姫をいただく』か……。いただいてどうするんだろうね」

先に席についていたフレッドが、ひらひらと揺《ゆ》らしてカードを差し出した。昨日届いたばかりの『ランスロット』からの予告状だ。

「彼らは庶民《しょみん》の味方の義賊《ぎぞく》ですよね。金を積まれて貴族相手の仕事をすることもあると聞きますが、政治に介入《かいにゅう》してきたことがありましたっけ？」

「これまではないな。方向性を変えたんじゃないか。——どう思う、リヒャルト」

リヒャルトはカードを見下ろしたまま黙《だま》っている。フレッドに肩《かた》をたたかれ、我に返ったように顔をあげた。

「すみません。少し考え事を——」

「疲《つか》れてるんだね。働きすぎなんだよ。ほんと、真面目なんだからなあ」

「きみは少し反省したほうがいいぞ」

「何をおっしゃいますか。ぼくもそれなりにちゃんと働いていますよ。昨夜だってルーヴェルンで三軒《げん》も娼館《しょうかん》をはしごしたんですから」

そう言ってフレッドは別のカードを大卓に置いた。

「エレノアが通っているのは【七番目の象】という店です。ジークがちらりと目をやる。彼女はそこで定期的に男と会っています。商人を装っていますがおそらく偽装《ぎそう》でしょう。あと、言葉に若干《じゃっかん》シアラン訛《なま》りがあったと、ヴァレリーとドロテアが教えてくれました」

「誰だそれは。さりげなく女友達を自慢《じまん》するのはやめたまえ」

「ともかく、リヒャルトがステラから聞いた話と一致《いっち》する点があるわけですよ。その店で若い娼婦が一人、行方《ゆくえ》不明になっています。商人のほうは次に現れたら拘束《こうそく》するよう店に人を置いていますが、エレノアはどうします？　事を起こす前に捕《と》らえますか」

ジークは組んだ両手の上に顎《あご》をのせ、フレッドが置いたカードにじっと目を向けた。

「大公が糸を引いているとしたら、息のかかった者はエレノアだけではないだろうな。拘束すればまず間違《まちが》いなく他の者が行動を起こすだろう。しかし我々は彼らの全容を把握《はあく》できていない……」

「あらかた目途《めど》はついていますが、他にもいるかもしれないと思うと躊躇《ちゅうちょ》せざるをえませんね。ま、地道に張り込みと尾行《びこう》を続けることにしますよ」

「ミレーユとセシリアが何か企《たくら》んでいるようだが、あれもそろそろやめさせたほうがいいな」

その言葉に、リヒャルトが思い出したように腰を浮《う》かせた。

「ランスロットの予告状の件は、あのふたりの耳に入らないようにしてください」

「もう遅《おそ》い。王宮中に知れ渡《わた》っている」

ジークはにべもなく言った。リヒャルトの顔を見て軽く笑う。

「なんて顔だ。いつもの余裕《よゆう》はどうした？　近頃《ちかごろ》少しピリピリしすぎじゃないのか」

「……そんなことはありません」

「なあ、リヒャルト」

ジークは薄《うす》く笑みを浮かべ、試すように質問を投げた。

「もしミレーユとセシリアが同時に危機に陥《おちい》ったら、どちらを優先する？」

戸惑《とまど》ったように黙り込むリヒャルトをじっと見つめ、たたみかけるように続ける。

「きみはミレーユに、妹や他の女性を重ねて見ているのか」

問いというより指摘《してき》だった。とっさに答えられない自分に驚《おどろ》いて、リヒャルトは軽く頬《ほお》を強張《こわば》らせる。

似ているということは問題ではない。重ねて見ているかどうか、責められるべきなのはそこなのだろう。

壁の絵画を見上げれば、思い出の中と同じ笑顔がふってくる。

これまで一度でも、ミレーユを『彼女』の代わりだと考えたことがあっただろうか。

近くにいるのに一緒《いっしょ》にいられない。ミレーユとの間にある今の距離感《きょりかん》を苛立《いらだ》たしいと思うのはなぜなのか。

とっくに答えの出ている自問に嘆息《たんそく》し、リヒャルトは隣《となり》に座るフレッドをおもむろに抱《だ》き寄せた。

「……リヒャルト？　また寝《ね》ぼけてるのかい。これはミレーユじゃないよ」

「わかってる」

いきなり抱きついても動じることなく文句ひとつ言わないありがたい親友は、よくわかると言いたげにうなずいた。

「禁断症状《しょうじょう》が出てるんだね……。ぼくもよく悩《なや》まされるんだ。ぼくの場合は鏡を見ればいいけど、きみはそういうわけにはいかないもんね。代わりでよければ存分に愛《め》でていいよ」

「……代わりじゃない」

似ていても別人だ。抱きついたところで何の動悸《どうき》も覚えはしない。

自分が見ているのは誰なのか、今さら気づかないふりをしてもごまかすことはできないのだ。

「――公女の護衛に戻《もど》ります」

フレッドから離《はな》れると、リヒャルトは呆《あき》れたように見守っているジークに会釈《えしゃく》して立ち上がった。

ぐらついている場合ではない。自分が今最優先すべき事項《じこう》は、公女を盗賊《とうぞく》に渡さないことだ。

「彼はたまに予想外の行動に出るな……」

リヒャルトが退室したのを見送って、ジークはぼそりとぼやいた。

「きみたちは意外に暑苦しい友人関係を築いていたようだな。私なら男に抱きつかれたうえに口説《くど》き文句まがいのことを言われたら憤死《ふんし》する自信があるぞ。いつもああして友情を確かめあっているのか」

「彼はいま余裕がないんですよ。ご承知のはずなのに、殿下《でんか》は本当に意地悪ですね。あんな質問したところでどちらも選べないとわかっているくせに」

「別に嫌《いや》がらせしたわけではない。欲しいものを欲しいと言わない彼が悪いんだ。きみの妹を不憫《ふびん》に思って、ちょっと揺さぶってやったんじゃないか」

「リヒャルトは殿下と違《ちが》って慎《つつし》み深いんですよ。それに、過去に囚《とら》われているのは彼だけじゃないでしょ。亡《な》くなった方への敬慕《けいぼ》を胸に、何百と縁談《えんだん》を蹴《け》ってきた方だっていらっしゃる」

ちらりと視線を向けられ、ジークは鼻で笑った。

「私がそんなに純情な男に見えるのか？」

「見えますね。ご自分じゃ求婚《きゅうこん》できなくて、ぼくを代わりにリディエンヌさまのところへ遣《つか》わしたのはどこのどなたでしたっけ」

「ちゃんと後から自分でも求婚したぞ」

「まあ過ぎたことはもういいです。いま現在そばにいる人のことを考えてもらえれば。それにリヒャルトの場合、彼が自覚したところで道のりは険しいんですよ。ミレーユはまだ自分の恋《こい》心《ごころ》に気づいてもいませんから」

「何……？」

ジークの目が剣呑《けんのん》な光を帯びる。

「あれだけ人前でべたべたしておきながら無自覚だと？　私に喧嘩《けんか》を売っているのか」

「いえ、売ってはいないと思いますが」

「確かに実年齢《じつねんれい》よりはだいぶ幼いが……、そこまでお子様なのか、きみの妹は」

妹が子どもっぽい理由を思い巡《めぐ》らせ、フレッドはかすかに憂鬱《ゆううつ》になった。

大人《おとな》になりたくないのだ。それも無意識下で願っているから困りものである。

「……ぼくのせいなんです。何事においても完璧《かんぺき》な兄を持ってしまったせいで、男に対して逆に鈍感《どんかん》になってしまって……。あの子には申し訳ないことをしてしまいました」

「そこまで自信があるのなら、当然きみは妹のほうを選ぶのだろうな？　一瞬《いっしゅん》も迷うことなく」

それがリヒャルトに出した選択《せんたく》のことだとわかり、フレッドは笑って答える。

「迷いませんよ。ぼくはセシリアさまを選びます」

「ほう？　なぜ」

「セシリアさまを見捨ててミレーユだけ助けたら、ぼくはあの子に絶縁《ぜつえん》されてしまいますよ。それにミレーユならぼくが助けにいくまで意地でも頑張《がんば》ってくれるでしょうし」

「なるほど。確かに」

おかしそうに笑ったジークは、壁《かべ》の肖像画《しょうぞうが》を見上げて続けた。

「彼女はアルテマリスの駒《こま》にはならない。エセルバートとの約束だからな。――セシリアを絶対にシアランへ渡すな」

命じる声にうなずいて、フレッドもそれを見上げる。

あどけない公女の笑顔《えがお》は、意地っ張りな姫《ひめ》君に成長した今となってはとても貴重なものに思える。いつの日か白百合の宮にあの笑みが再び咲《さ》くよう、見守り続けることが騎士《きし》団長の最大の仕事なのだ。


その一報を聞いたミレーユは、思わず頓狂《とんきょう》な声をあげた。

「ランスロットがマリルーシャさまを盗《ぬす》む⁉」

「しー！」

情報を持ち込んだローズが慌《あわ》てて制する。ごめん、と謝ってミレーユは声をひそめた。

「本当なの？　ていうか盗んでどうするのかしら」

「それはわかりませんけれどね、シアラン大公様の命令だとか、はたまた反大公派の貴族に雇《やと》われたのだとか、いろいろ噂《うわさ》が流れていますわ。同情と注目を集めるための自作自演だと言う人もいますけれど、当の公女様はそれはもうひどい怯《おび》えようだそうですから、たぶん違《ちが》うでしょう。片時もラドフォード卿《きょう》をお離しにならないそうですわ」

以前は悪口を叩《たた》いていたローズも、さすがにいい気味だとまでは思えないようだ。

ミレーユは腕組《うでぐ》みをして考え込んだ。ランスロットがわざわざ王宮まで出向いてくる。これは願ってもない好機だ。

セシリアの頼《たの》みごとの件もあってランスロット捕獲《ほかく》計画は一時中断していたが、昨日になってなぜだか急にセシリアはエレノアの尾行《びこう》を取りやめるように手紙で言ってきた。何か変だとは思ったものの、本人がそう言うのだからもう必要がなくなったのだろう。

「——そういえば、セシリアさまはお元気？」

今日一日、顔を合わせていない。昨日の今日なので対面する勇気もなかったが、まったく気配がないとやはり気になる。

「姫様は別の宮にお移りになったんです。フレデリックさまから急にご指示があって」

「なんで？」

「さあ……。物騒《ぶっそう》だからじゃございません？　ランスロットの誘拐《ゆうかい》予告は今夜だそうですから」

ローズはあまり気にしていない調子でそういうと、会釈して出ていった。

「今夜か……」

ミレーユは寝台《しんだい》の陰《かげ》に隠《かく》した包みに目をやった。別邸《べってい》に戻ったときに持ってきたフレッドの衣装一式が入っている。もしまたランスロットを追う機会があれば動きやすい服装が有利だと思い、ひそかに用意していたのだ。

(今度こそ、ランスロットをとっ捕《つか》まえてショールを取り戻さなきゃ。あれはあたしのなんだから)

誰にあげるから、ということ以前に、あれはミレーユの心そのものなのだ。盗賊に盗まれたまでいるわけにはいかない。

それにミレーユが贈《おく》らなくても、リヒャルトには他《ほか》にくれる人がいるだろうから。

（……リヒャルトには見つからないようにしなきゃ）

あんなに怒《おこ》られたくらいだから、いつもよほど心配やら迷惑《めいわく》やらかけているのだろう。それを承知の上でなおもランスロットを追いかけることを少し後ろめたくも思ったが、振《ふ》り切るように頭を振った。


夜半過ぎ。ふと胸騒《むなさわ》ぎをおぼえて、マリルーシャは目を覚ました。

部屋の灯《あか》りは消えている。彼女は眉根《まゆね》を寄せ、寝間着《ねまき》の上にガウンをはおって寝室《しんしつ》を出た。

隣の居間には侍女《じじょ》たちと護衛役のリヒャルトがいるはずだ。今夜くらい寝室で一緒《いっしょ》に過ごしてと頼んだのに、彼はやはり首を縦には振らなかった。

今夜、盗賊が盗みにくる。周辺には通常の三倍の警備をつけさせ、朝まで灯りも絶やさないよう固く命じてある。隣《となり》にはリヒャルトもいるし、きっと大丈夫《だいじょうぶ》だろう。何の関係もないのに誘拐などされてはたまったものじゃない。

だが妙《みょう》なことに、居間の灯りも消えていた。それどころか控《ひか》えているはずの侍女たちの姿もない。

不審《ふしん》に思い、彼女は居間を出て取り次ぎの間へ向かった。リヒャルトはいつもそこにいるはずだ。

だが扉《とびら》をあけた先にいたのは、リヒャルトでも侍女たちでもなかった。

「こんばんは、お姫様」

帽子《ぼうし》と外套《がいとう》に身を包んだ長身の影《かげ》。見知らぬ男の出現にマリルーシャは立ちすくみ、金切り声をもらした。

「あ、あなた、誰っ」

「明かすような名前はない。あんたを攫《さら》いにきた者だよ」

男は笑い含《ふく》みに言うと、マリルーシャの腕《うで》をつかんだ。

「かわいそうに。予告状を出したのに、あんたを置いてみんな逃《に》げちまったようだ。あんた、本当に公女様か？」

「いや……、放してっ。誰か！　狼藉者《ろうぜき》です！　リヒャルト、リヒャルト！」

マリルーシャは死に物狂《ものぐる》いでもがいたが、部屋の暗がりから誰かが歩みよってくるのに気づき、はっと顔を向けた。

「――ここにおります。公女殿下《でんか》」

聞きなれた、おだやかな声がした。こんな時に何を落ち着いているのかとマリルーシャは喉《のど》がひりつくような思いで叫《さけ》ぶ。

「何をしているの！　早くこの狼藉者をどうにかしてっ!!」

現れたリヒャルトは侵入者《しんにゅう》へじっと視線をむけていたが、おもむろに口を開いた。

「その前に。公女殿下、あなたの正体をお聞かせ願いたい」

制帽の下からこちらに向けられた瞳《ひとみ》は別人のように冷たかった。マリルーシャは戸惑《とまど》ってそれを見返す。

「何を言っているの？　ふざけていないで、早く助けなさ――」

思わず言葉をのみこむ。剣《けん》を抜《ぬ》いたリヒャルトが、その切っ先をこちらに向けたからだ。

「狼藉者はあなただ。公女の名を騙《かた》り、王宮にまで入り込んだ不届き者」

「な……、何を言い出すの？　わたくしはマリルーシャよ！　無礼なことを言うと、いくらあなたでも許さないわよ」

「本物のマリルーシャ姫はもうこの世にはおられません。七年前、シアランを出奔《しゅっぽん》されたあとに亡《な》くなられました」

マリルーシャは呆然《ぼうぜん》となった。

「嘘《うそ》よ！　だって――」

「本当ですよ。姫を葬《ほうむ》ったのは私ですから」

静かな口調で彼は言った。

「殺したの……？　あなたが？」

「お疑いなら国王陛下にお訊《たず》ねください。本物の姫がこの世にいないことも、あなたが偽《にせ》の公女であることも、なにもかもご存じです」

「嘘……じゃあどうしてあんなに皆《みんな》して歓迎《かんげい》したりしたの？　おかしいじゃ――」

震《ふる》える声を出したマリルーシャは、リヒャルトがこちらへ向き直るのを見て身をすくめた。

「大公妃の首飾《くびかざ》りを、どこで手に入れた」

明らかに変わった口調とともに、冷たい殺気が押し寄せる。

「墓を暴いたのか。――それとも遺体から盗み取ったのか」

「知らないわ！　あたしは何も知らない！」

射るような目を向けられ、金切り声で彼女はさけんだ。

「本当よ、あたしは頼まれただけなの！　こんなの知らない、話が違《ちが》うわ！　あたしはただ、言われたとおりにやっただけよ！」

「ちょっと落ち着けよ、お嬢《じょう》ちゃん。――お兄さん、女相手にいじめすぎじゃないの？」

「黙《だま》れ」

おもしろそうに成り行きを見守っていた『ランスロット』は、リヒャルトににらまれると肩《かた》をすくめて口をつぐんだ。

「すべて話せば、命まではとらない」

「話すわ、全部話すから！　だから殺さないで！」

彼女は恐怖《きょうふ》の表情でその場に座り込み、すすり泣き、時には泣きわめきながらこれまでのことを白状した。

自分はルーヴェルンの娼婦《しょうふ》で、店に来る客から本物の公女を見つけるまで身代わりをやって

れてきたエレノアという女から公女に関するさまざまな情報を聞かされたこと。これさえあれば公女だと皆が信じるからと、彼女から青い石の首飾りを渡《わた》されたこと。

ではなく

欲しいと頼まれたこと。公女と髪《かみ》の色や瞳の色が同じだし、店で仕込まれたから行儀《ぎょうぎ》作法も完《かん》璧《ぺき》だとおだてられ、その気になって引き受けたこと。その客はシアラン貴族の従者で、彼が連れてきたエレノアという女から公女に関するさまざまな情報を聞かされたこと。これさえあれば公女だと皆が信じるからと、彼女から青い石の首飾りを渡《わた》されたこと。

「俺を護衛に指名したのも、エレノアの指示か？」

彼女はためらうように首を振る。

「それは違《ちが》う……ううん、王女様の近衛をだれでもいいから指名しろとは言われたけど。情報を少しでも探《さぐ》りたいからって……、それで、あたし、あなたのこと前から知ってたから」

リヒャルトの顔がこわばったのを見て、彼女は必死に訴《うった》えた。

「だって悔《くや》しかったのよ。お針子のくせして、王宮の騎《き》士《し》と知り合いだなんて……。それで自《じ》慢《まん》してやろうと思って、あなたを騎士にしたのよ。ステラったらいつもあなたのことばかり話してたから、だからあたし名前だけは知ってて、どんな人なんだろうって思ってて……」

予想していた名前が出てきて、リヒャルトは冷静に確《かく》認《にん》する。

「ステラの友達の――ニナか」

「ええ……。でも、どうしてあたしの名前を？」

それに答えるより早く、冷やかすような声が割って入った。

「顔も知らない騎士様に焦《こ》がれて、お姫《ひめ》様になって会いにきたってわけだ。色男は辛《つら》いねえ」

「黙れと言っている」

はやし立てたランスロットは、今度は制されても口をつぐまなかった。

「お嬢ちゃん、このおっかない兄さんに感謝したほうがいいかもしれないぜ。すべてが終わったら、たぶんそのお貴族様たちに殺されただろうからな。身寄りのない娼婦がある日突然《とつぜん》街から消えても、誰も不思議には思わないし」

ニナは蒼《あお》ざめて身体《からだ》をすくめた。リヒャルトは構わず、なおも詰《つ》め寄る。

「エレノアの他に、仲間は何人いる」

「さ、三人しか知らない……。仲間と連絡《れんらく》をとってたのはエレノアだから」

「エレノアは何のために王宮に来たか、言っていたか」

「何も聞いてないわ。でも白百合姫に連絡をつけたとか何とか言ってた……。盗賊《とうぞく》が来たらうまく引きつけて騒《さわ》ぎを起こせって。自分にはやることがあるからって……」

「連絡……」

まさかという思いがよぎり、リヒャルトは息をのんだ。だが呆然としている暇《ひま》はない。歯噛《はが》みしたい思いで振り返る。

「──そういうわけだ。マリルーシャを盗《ぬす》むのは諦《あきら》めてもらおう」

興味深そうに会話を聞いていたランスロットは悠然《ゆうぜん》と答えた。

「なんか俺も利用されたっぽいな。ちょっとかちんときたが、でもこっちも仕事なんでね。手ぶらで帰るわけにはいかないんだよ」

「聞いていただろう。公女はもうこの世にはいない」

「俺が今夜盗むのは『マリルーシャ公女』だ。本物だろうが偽者《にせもの》だろうが関係ない。要は公女をつれていけば俺の雇《やと》い主はそれで満足なのさ。この際だ、『海のしずく』は諦めてやるよ」

「何……？」

偽者と承知で盗ませる、その行為《こうい》に益を見出《みいだ》せる者とは、どんな立場の者だろう。

リヒャルトは探るように相手を見据《みす》えた。しかしすぐに違和感《いわかん》を覚え、思わず一歩後退《あとじさ》る。

ランスロットを見ているはずが、顔を認識できていないことに気づいたのだ。なおも確かめようとすればするほど、視界がぶれて眩暈《めまい》のような感覚が押し寄せる。

（術使いか）

かつての母国に今も存在する、異能の神の使徒たち。ふと脳裏《のうり》に思い浮《う》かび、急いで目をそらした。

「……では、その雇い主とやらの話はあとでじっくり聞かせてもらう」

眩暈を自分の中から追い出し、リヒャルトは剣をおさめた。

「俺を捕《つか》まえるんじゃないの？　ここまで危《あや》うい話を聞かせといて野放しかよ」

「盗賊を捕《と》らえるのに騎士の剣は必要ない」

ランスロットは鼻じろんだように唇《くちびる》の端《はし》をつりあげる。

「言ってくれるねえ。どうやって捕まえてもらえるのか楽しみだぜ」

「こうするんだ」

言うなり、リヒャルトはランスロットの顔面を思い切り殴《なぐ》りつけた。

不意をつかれたランスロットはそれをまともにくらって吹《ふ》っ飛んだ。床《ゆか》に転がり、情けない声をあげる。

「いってえ……、何すんだいきなり！」

召集《しょうしゅう》用の笛が響《ひび》き渡る。待機していた兵士たちがまたたく間に集まってきたのを怪盗《かいとう》は啞《あ》然《ぜん》として眺《なが》めた。

「両名とも捕縛《ほばく》しろ。取り調べは帰還《きかん》後に行う」

きびきびと指示を出すリヒャルトに、ランスロットは呆《あき》れたような声をあげた。

「反則だろ、いきなりは……。何なんだよ、てめえは」

殴った拍子《ひょうし》に落ちた帽子《ぼうし》をひろいあげ、リヒャルトは答えた。

「個人的な恨《うら》みだ」

「おい……。何『スッキリした』みたいな顔してんだよ」

ランスロットの抗議《こうぎ》を無視して、リヒャルトは足早に白薔薇《ばら》の宮を出た。

――夜はまだ、終わっていないのだ。

人気《ひとけ》のない回廊《かいろう》を、女官のお仕着せに身を包んだ女が歩いていく。

彼女は周囲に誰もいないのを確認すると、目当ての部屋の扉《とびら》を開いた。

中は灯《あか》りがなく薄暗《うすぐら》い。左右の壁《かべ》にある続きの間、そのどちらかがセシリア王女の寝室《しんしつ》につながっているはずだ。

少し迷った末、左の扉へと向かう。

「申し訳ないけど、お嬢さん」

ふいに背後で声がして、彼女はぎくりと振《ふ》り向いた。

薄闇《うすやみ》に沈《しず》む部屋。その窓辺にある長椅子《ながいす》に、ひとりの少年が悠然と腰《こし》を下ろしている。

「そこはぼくらのお姫様の部屋なんでね。部外者はお断りしてるんですよ」

そう言ってゆっくり立ち上がったのはベルンハルト伯爵《はくしゃく》だった。

女はとっさに目の前の扉の取っ手をつかんだ。しかしいくら回してもそれはびくとも動かない。廊下《ろうか》から数人の騎士が灯りを手にして入ってくるのに気づき、彼女は観念してうなだれた。

灯りを受け取ったフレッドは、逃《に》げ場をなくして立ちすくむ女へとそれをかざした。俯《うつむ》けていた顔をのぞきこみ、ぽつりとつぶやく。

「違う。──別人だ」

エレノアとは似ても似つかない顔だった。想定していたことだが、そうなるとエレノアの行方《ゆくえ》が気にかかる。

女を拘束《こうそく》するよう部下に命じ、フレッドは廊下に出た。ちょうど別部隊のひとりがやってくるところに出くわす。

「フレッド、緊急《きんきゅう》事態発生だぜ！」

昼間のうちに移した王女の部屋。それを守っているのが彼らのはずだった。緊迫《きんぱく》した表情を見て感じた嫌《いや》な予感は、彼の口から現実となって聞かされることになった。

「――殿下《でんか》がいなくなった」

声をひそめての報告に、フレッドは表情を変えず無言で続きをうながす。

「外から侵入《しんにゅう》した形跡《けいせき》はないし、第一俺らがいるのにそれは無理だ。内通者が手引きするか、本人が自分から抜《ぬ》け出すかでもしなきゃ……」

「出て行った痕跡《こんせき》は？」

「それが、ないんだ。まるで煙《けむり》みたいに消えちまってる」

落ち込んだ様子の部下の肩《かた》を、フレッドは軽くたたいた。

「とりあえず、引き続き警備を続けて。そのへんを捜《さが》してみるよ。ああそれと、ミレーユは今どこかな？」

「お嬢《じょう》……？　いや、見かけてねえな」

「そうか。もしどこかで会ったら、部屋で大人《おとな》しくしてるよう伝えて」

言い置いて部屋の中に戻《もど》ろうとしたとき、回廊を黒猫《くろねこ》が矢のような勢いで駆《か》けてくるのが見えた。

猫はそのままフレッドの足元までくると、彼がさしのべた腕《うで》を伝って軽《かろ》やかに肩へ登った。

連絡用の首輪に巻かれた紙を解《ほど》くと、別働隊を指揮している副長からのそっけない報告が一行記されている。

『エレノア拘束』――と。

「…………あれ？」

フレッドはつぶやいた。首謀者《しゅぼうしゃ》のはずの彼女が拘束されたのはめでたいことだが、とすると王女はどこへ何をしに行ったのか。

考え込んでいると、慌《あわ》ただしい足音とともにリヒャルトが合流してきた。

「ランスロットと公女は拘束した。──殿下は？」

優秀《ゆうしゅう》な部下たちの働きにフレッドは少しの間沈黙《ちんもく》し、やがて天をあおいだ。

こんなに心配させるなんて、見つけ次第《しだい》、王女殿下にはお仕置き決行だ。


回廊を走っていたミレーユは違和感を覚えて首をひねった。

（なんだか、変ね）

妙《みょう》に静かで人気《ひとけ》がない。夜更《よふ》けだからという理由だけではないような気がする。皆《みな》、ランスロット捕獲《ほかく》のために駆り出されているのだろうか。

気にはなったが理由を調べている暇はない。ぼやぼやしているうちにランスロットが現れるかもしれないのだ。

白百合の宮を出て回廊を歩いていると、どこからかひそひそとした話し声が聞こえてきた。

「ここではありませんわ。もっと東側にいったところです」

「しょうがないだろう、暗くてよく見えないんだ」

「このままでは間に合いませんわ」

庭のほうからだ。何気なくミレーユはそちらをのぞいてみた。

繁《しげ》みの陰《かげ》からドレスの裾《すそ》がのぞいている。二人分の声がするということは、もしや逢《あ》い引き中――と焦《あせ》ったのも束《つか》の間、どうにも聞き覚えのある気がしてきて、思い切って近寄ってみた。

小さなランプの灯りで紙切れを照らしながら、ああだこうだと言い合っている二人組を見て、ミレーユは目を丸くした。

「ヴィルフリートさまにセシリアさま。何してらっしゃるんですか？」

ぎょっとしたようにふたりが振り仰《あお》ぐ。明らかに「まずい」と顔に書いてあった。

「フレデリック……」

ヴィルフリートがうめく。動きやすいようにと男装していたため間違《まちが》えられたらしい。兄に変装したつもりはなかったが、付け毛もつけていないのだから女に見られなかったのも無理はないだろう。

「セシリア、逃げろ！」

いきなり叫《さけ》んだかと思うと、ヴィルフリートが飛びついてきた。不意をつかれ、ミレーユは見事に地面に押し倒《たお》された。

「こいつは僕が足止めする。行け！」

ミレーユを組み敷《し》くヴィルフリートを見て、セシリアは目を瞠《みは》っている。したたかに頭を打ち付けたミレーユは顔をしかめて抗議した。

「痛た……。何するんですか、いきなりっ」

「いいから何も言わず見逃《みのが》せ！　セシリアが僕に頭をさげて頼《たの》んできたんだぞ。おまえごときに邪魔《じゃま》などさせるか！」

「お兄様、もう結構です。放してあげてください」

セシリアの訴《うった》えに、ヴィルフリートはいかめしい顔で見上げる。

「友人と待ち合わせしているんだろう？　僕に任せておけ。こいつを始末したらちゃんと連れて行ってやる。何のためにわざわざ抜け道の地図を模写したと思っているんだ」

「し、始末って……ていうかどこさわってるんですか⁉　いくらヴィルフリートさまでもそれは困りますっ」

「違《ちが》います、この方は伯爵じゃ――」

じたばたもがくミレーユとすがりつくセシリアを見比べていたヴィルフリートは、不意に目を瞠った。

次の瞬間《しゅんかん》、彼はバネ仕《じ》掛《か》けのようにミレーユの上から飛び退《の》いた。夜目でもはっきりわかるほどにみるみる顔が赤くなる。

「い、いや、ちょっと待て。おかしいぞ、どうしてだ？　さっきまでの体つきと違うじゃないか。ふにゃり、って何だ。こんなにやわらかくなかったはず……」

動転したようにつぶやくと、今度はみるみる青くなった。押し倒された拍子《ひょうし》に上着が脱《ぬ》げかけているミレーユを呆然《ぼうぜん》と見下ろす。

長く長く沈黙した後、ミレーユを見つめたままヴィルフリートはつぶやいた。

「……旅に出るぞ」

「――え？」

「修行の旅に出る。今すぐにだ」

起き上がったミレーユは戸惑《とまど》って王子を見つめた。近頃《ちかごろ》の彼はやはり少しおかしい。これもパンの副作用なのだろうか。

「何のためにですか？」

「煩悩《ぼんのう》を消すために決まっているだろうが！」

カッと彼は目を見開いて叫んだ。ぽかんとするミレーユに向かい、鬼気迫《ききせま》る表情で宣言する。

「何も言うな、自分でもわかっている。東洋の宗教学の書物に書いてあったんだ。すべては煩悩のなせる業《わざ》であるとな！　だいたい男に胸があるなんて明らかにおかしいだろう。僕にはそんな妙な趣向《しゅこう》はない。顔が似ているだけで混同してしまうなんて心が弱っている証拠《しょうこ》だ。とりあえず、滝《たき》だ。滝に打たれて生まれ変わってくる」

ヴィルフリートはよろよろと立ち上がった。

「……セシリア、すまん。そういうわけだから僕は旅支度をしなければならない」

「わ、わかりましたわ。お大事に」

たじろぐ妹に地図を渡《わた》すと、ヴィルフリートは顔を手で覆《おお》ってふらふらと庭から出て行った。

わけがわからず座り込んでいたミレーユは、ふとセシリアの視線を感じて顔をあげた。

「あなた、ミレーユでしょう。髪《かみ》の色が伯爵《はくしゃく》と違うわ。どうしてそんな恰好《かっこう》をしているの？」

「あ……、ええと、このほうが動きやすいので」

どうやら男装のミレーユを本人だと認識しているらしい。しかしミレーユは内心焦った。身代わりになっていたことを見破られる前にと、慌《あわ》てて話をそらす。

「セシリアさまこそ、どうしてこんなところに？　お友達と待ち合わせしてるっておっしゃってましたけど――」

「べ、別に、あなたには関《かか》わりのないことよ。わたくしは全然、エレノアと待ち合わせたりなどしていないわ」

「エレノア？」

はっとセシリアは口をつぐむ。ミレーユは訝《いぶか》しげに彼女を見つめた。

「こんな時間にですか？　第一、おひとりで出歩かれるなんて危ないですよ。みんな心配してるんじゃありませんか？」

「その通りですよ」

ふいに声が割って入り、ふたりはびくっと肩《かた》を震《ふる》わせた。

いつからそこにいたのかフレッドが繁みの向こう側に立っている。目が合うとにっこり笑って繁みを乗り越《こ》えてきた。

「いけないお嬢《じょう》さんたちだなあ。でも、とりあえずご無事で良かった」

彼はセシリアの手からやんわりと地図を取り上げ、それを開いた。

「……なるほど、寝室《しんしつ》の壁《かべ》から王宮の東へ抜《ぬ》ける地下道がありますね。あの宮殿《きゅうでん》がいいとおっしゃったのはこれが理由ですか。この抜け道は調べてなかったなあ」

感心したように言うと、フレッドは有無《うむ》を言わせぬ笑顔《えがお》で続けた。

「エレノアはもう捕《つか》まえましたよ。白薔薇《ばら》の方も片はつきました。そんなにお話しなさりたいのなら後で会わせてさしあげますから、少し大人《おとな》しくしていてください」

「……」

セシリアは黙《だま》り込み、やがて諦《あきら》めたように小さくうなずいた。

手近な部屋にふたりを押し込んだフレッドは、落ち着くまでここにいるよう言い残してまた出て行った。

ふたりきりの室内は冷え切っている。長椅子《ながいす》に座るセシリアの隣《となり》にミレーユは遠慮《えんりょ》がちに腰《こし》かけた。

フレッドはエレノアを捕まえたと言っていたが、あれはどういうことだったのだろう。彼もセシリアから何か密命を帯びていたのだろうか。

「やっぱり、エレノアは昔のお知り合いだったんですね」

気を紛《まぎ》らわそうと話しかけると、セシリアはぽつりとつぶやいた。

「わからないわ」

「でも、知り合いだってわかったから待ち合わせなさったんじゃ？」

「そうじゃないの。──ひとこと言ってやりたいとは思っていたけれど、でも今は彼女に会いに行こうとしていたわけではないわ」

「じゃあ、どこへ行かれるつもりだったんですか？」

セシリアは思いつめた顔で打ち明けた。

「白薔薇の宮へ行ってマリルーシャと会うつもりだったの。盗賊《とうぞく》に盗《ぬす》まれる前にわたくしが盗んでやろうと思ったのよ」

「な……何でそんなこと」

「エレノアは、公女の誘拐騒《ゆうかいさわ》ぎに乗じてわたくしを殺すつもりだったのでしょう。だからわたくしもエレノアを呼び出して囮《おとり》にしてやったの。伯爵たちがそちらに気をとられている隙《すき》に公女に会いに行くつもりだった。──けれど、大失敗ね。あとで山ほどお説教されるわ」

ミレーユは面食《めんく》らって彼女を見つめた。マリルーシャを盗むだのエレノアが殺しにくるだの、さっぱりわけがわからない。もしかしてからかわれているのかと思ったくらいだが、セシリアの横顔がひどく沈《しず》んで見えて、なんだか心配になってきた。

「あの、大丈夫《だいじょうぶ》ですか？」

見れば、小さく震えている。外套《がいとう》もなく普段着《ふだんぎ》のままなのだ。ミレーユは上着を脱いでセシリアの肩にかけてやった。

「……あなた、寒いんじゃなくて」

「平気です。セシリアさまが手を握《にぎ》ってくださったら」

「……」

戸惑ったようにセシリアが目を向ける。笑みを返すと、なぜだかそっぽを向かれた。

それでも彼女がミレーユに向かって手をのばしかけた時、ふいに外で荒々《あらあら》しい足音がした。

ふたりはそろって硬直《こうちょく》し、どちらからともなく思わず抱《だ》き合う。

バン、と叩《たた》きつけるように扉《とびら》が開いた。

「――マリー！」

腕《うで》の中で、セシリアがびくりと身体《からだ》をふるわせる。

顔をあげたミレーユは、戸口にいた人影《ひとかげ》を見て目を瞠った。

「リヒャルト……」

いつになく冷静さを欠いた表情で息を切らしているのは、たしかにリヒャルトだった。それに気づいたセシリアは、ミレーユの腕をふりほどき、立ち上がって彼に駆《か》け寄った。

そのまま抱きつくのをリヒャルトはごく自然に受け止める。安堵《あんど》したように息をつき、セシリアの頭にそっと手をやった。

「よかった、無事で……」

棒立ちになっているミレーユに気づき、顔を向ける。

「あなたも、怪我《けが》はないですか」

「う……、うん」

入り込めない雰囲気《ふんいき》を感じてミレーユはたじろぎながらうなずいた。見てはいけないものを

見ている気がして、つい視線が泳いでしまう。

しっかり抱き合っているふたりはとても王女と騎士《きし》という関係だけには見えなかった。

髪を乱し、後ろ手に縛《しば》られた女性が連れられてくる。捕《と》らえられる時に暴れ疲《つか》れたのか、目は虚《うつ》ろで表情にも生気がない。

王女暗殺計画の首謀者《しゅぼうしゃ》として捕縛《ほばく》されたエレノア・ダールトンは、連行された部屋に当の王女の姿を見つけるとみるみる頬《ほお》を紅潮させた。

「姫様《ひめ》！　わたしを騙《だま》したのですか⁉」

恨《うら》みがましく叫《さけ》ぶエレノアの声に、セシリアは怯《ひる》んだような顔になる。リヒャルトが庇《かば》うように前に出るが、それくらいでは恨み言まで防げるはずもない。

「ふたりだけでお話ししましょうと申しましたのに、あんまりな仕打ちです！　わたしをお忘れなのですか？　イルゼオンの離宮《りきゅう》で毎日お世話申しあげたわたしを！」

「……」

「どうかお慈悲《じひ》を、姫様！　マリルーシャさまっ！」

セシリアは深く息をつくと、ゆっくり顔をあげた。

「わたくしはそのような名前ではないわ。人違《ひとちが》いをしているようね」

「何をおっしゃるのです、あなたはマリルーシャさま――」

「マリルーシャは七年前に死んだのよ。おまえはその亡霊《ぼうれい》を呼び起こし、挙げ句に二度も裏切った。イルゼオンにいた侍女《じじょ》のくせにのこのこと生きて現れたのがその証拠《しょうこ》よ。あの頃《ころ》の侍女たちは皆《みな》あの離宮で死んだというのに」

エレノアの顔が蒼《あお》ざめた。にらみつけるセシリアに悲鳴のような声で呼びかける。

「お待ちください、姫様！　わたしは大公殿下《でんか》に命じられて――」

「おだまり！」

怒《いか》りのこもったまなざしで、セシリアはエレノアを見据《みす》えた。

「――愚《おろ》か者が。あの世へ行ったら、おまえが殺した侍女たちに血反吐《ちへど》を吐《は》くまで詫《わ》びなさい。いいわね」

冷たい声で命じ、王女は踵《きびす》を返す。その後ろをリヒャルトが硬い表情で追っていった。

息を呑《の》んで見守っていたミレーユは、かすれた声をどうにか押し出した。

「ね……ねえ、セシリアさまって、本当はマリルー――」

フレッドは何も言わず口元に指を当て、軽く片目をつむる。

無言の制止に、重ねて訊《たず》ねられるはずもなかった。ミレーユはただ、部屋を出て行くセシリアの小さな背中を見送るしかなかった。

第六章　聖誕祭の夜に

その夜、ベルンハルト公爵家別邸《こうしゃくけべってい》では盛大な宴《うたげ》が開かれていた。跡取《あとと》り息子《むすこ》である伯爵《はくしゃく》の十七回目の誕生日を祝う宴だ。しかし当の主役は朝から出かけており、宴がはじまる頃になっても姿を見せなかった。

そんな中、エドゥアルトは時折感極《かんきわ》まって涙《なみだ》ぐみながら、とうとう主催挨拶《しゅさいあいさつ》を続けていた。招待された白百合騎士団の面々は、大量の酒と豪華《ごうか》な料理を前におあずけをくらい、げんなりとした顔で挨拶が終わるのを待っている。それと対照的に、隅《すみ》にひかえた使用人たちは時に大きくうなずいたりもらい泣きしたりしながら主の言葉に聞き入っている。いつも冷静で鉄面皮な執事《しつじ》のロドルフまでもがハンカチで目元をおさえているのを見て、ミレーユも父の長話に文句を言う気になれず神妙《しんみょう》に聞いていた。

去年までの誕生日と比べると格段に贅沢《ぜいたく》だ。いつもは母と祖父、たまに兄も一緒《いっしょ》だったが、ごく内輪だけでお祝いをしてもらっていたから、こんな宴を開いてもらうのはなんだか気が引ける。けれども父が娘《むすめ》とはじめて過ごす誕生日に気合いを入れまくっているのがわかるので、それは素直《すなお》に嬉《うれ》しかった。

（それにしても、フレッドはどこにいったんだろ）

何も今日出かけなくてもいいのにと文句を言うと、にやりと笑って出ていった。あれは絶対に何か企《たくら》んでいる顔だ。

（あー……、さすがにお腹《なか》すいてきた……。みんなも辛《つら》そうね）

いつになくきちんと服を着込み、目の前の料理に釘付《くぎづ》けになったままの騎士たち。同情を誘《さそ》うその一団の中に、リヒャルトの姿はない。

（まあ、世間じゃ今日は聖誕祭だもんね……）

予定がら空きの騎士たちはごちそうが食べられるときいて喜んでやってきたが、出席していないリヒャルトはやはりショールをくれる人と今日を過ごすのだろうか。

結局『ランスロット』からショールを取り戻《もど》すことは出来なかった。もう続きを編めないと思うとなんだか気分が落ち込んでくる。

と、暗くなりかけたのを見計らったかのように、広間の大扉が勢いよく開いた。

「ただいまあー！」

父の感動の挨拶をさえぎるように颯爽《さっそう》と入ってきたのはフレッドだ。場内の雰囲気を見てとったのか、あれ、と頭に手をやる。

「ごめんなさい、挨拶の邪魔《じゃま》しちゃったかな」

「い、いいんだよ。そろそろ終わろうと思っていたところだから」

エドゥアルトが三枚目のハンカチで涙をふき、騎士たちはほっとしたように息をついた。

「ああミレーユ、十七歳になったきみも素敵だ！」

いつものように抱きついてきた兄を、ミレーユは半ば呆《あき》れて受け止める。

「騒々《そうぞう》しいわね。普通《ふつう》に帰ってこられないの？」

「まーた、きみは。ぼくのことが大好きなくせして、すぐぷりぷり言うんだから」

「……どこ行ってたのよ」

「ちょっと迎《むか》えに、ね」

「迎え？」

訝《いぶか》しげに彼の視線を追うと、着飾《きかざ》った女性が広間に入ってきたところだった。身なりは美しいが、めずらしそうに室内を見やる様子はとても貴族の婦人には見えない。

それが誰かわかったとき、ミレーユは仰天《ぎょうてん》して叫んだ。

「ママ!?」

ぱりーん、とエドゥアルトの手から落ちた杯《さかずき》が派手な音をたてて割れる。

「なんで!? ど、どうして」

駆《か》け寄ってきた娘に、ジュリアは渋々《しぶしぶ》といった顔で応じた。

「しょうがないでしょ。こんな恰好《かっこう》したくなんかなかったけど、誕生日は一緒に過ごしてってフレッドが泣くから仕方なく……」

ミレーユは目を丸くして兄を見た。

「泣いたの？」

「……」

無言で笑《え》みを返され、納得して内心つぶやく。

（嘘《うそ》泣きか……）

「さあ、始めようよ。今夜は無礼講でいいよね、お父上？」

凍結《とうけつ》していたエドゥアルトは、その声にはっと息を吹《ふ》き返した。

「あ、ああ、も、もちろん、もちろんだよ」

「じゃあ、ママはお父上の隣《となり》で」

再び食器の割れる音がした。

「お父上。お皿割って遊んでないで、ちゃんとママをエスコートしてください」

「わ、わかった、わかっているとも、もちろん」

よほどジュリアの登場が衝撃《しょうげき》的だったのかエドゥアルトはよろよろしている。歩くたびに大卓にぶちあたっては食器を落とすのを見て、ミレーユははらはらした。

「パパ！　一体いくつ割るつもり⁉」

「だ、大丈夫《だいじょうぶ》だよ、パパは飲んでなんかいないよ、パパは酒にのまれるから、今日はまだ飲んでないんだよ」

「落ち着いて‼」

娘とふたりしてあたふたしているエドゥアルトを眺《なが》めていたジュリアは、ふと視線を転じた。

謎《なぞ》の貴婦人の登場にどよめいていた騎士たちと、その前に並んだ酒瓶《さかびん》を見比べる。

「……いい筋肉ね……」

そのつぶやきに、それまで動転しまくりだったエドゥアルトがはっと反応した。

「ジュリア、危険だ！　目を合わせちゃいけない！」

「なんだか食器割るので忙《いそが》しそうだから、ママは筋肉青年たちの酒盛りに入れてもらうわね」

「待ってくれジュリア！　もう割らないから！」

必死に訴《うった》えるエドゥアルトを無視して、ジュリアは騎士《きし》たちの輪にすんなりと交ざった。地元の商店主の会合で日常的に行われている光景であるため、彼女にまったく違和感《いわかん》はなかった。

「よっしゃ！　じゃあフレッドとお嬢《じょう》の誕生日と、姐《あね》さんと俺らの出会いを祝して、乾杯《かんぱい》しようぜ！」

「おー！」

「まっ、待ちたまえ！　きみたちばっかりずるいぞ！」

一瞬《いっしゅん》で仲良くなってしまったジュリアと騎士たちを見てエドゥアルトは取り乱した。そこに執事が近寄り、冷静に告げる。

「旦那《だんな》様、ラドフォード男爵《だんしゃく》様よりお嬢様に誕生日の贈《おく》り物が届いておりますが、こちらにお運びいたしますか？」

「ロドルフ、今それどころじゃないんだ、見てわかるだろう」

「しかしながら、中身を推察してみましたところ、どうやら花嫁衣裳《はなよめいしょう》のようなのですが」

エドゥアルトは目をむいた。

「花嫁衣裳⁉」

「はい。ちなみにこちらは男爵からのご伝言でございます」

執事はうやうやしく封筒《ふうとう》を差し出す。フレッドはそれを受け取って開いた。

「『誕生日おめでとうございます。早くこの衣装を着てうちへいらしてください。あと二十年若かったらわしが求婚《きゅうこん》するのに、いやはや何とも』……だって」

「たったの二十年⁉　なんてあつかましいんだ！」

一方、花嫁の父になるのは嫌《いや》だと公爵が駄々《だだ》をこねている隙《すき》に、早くも出来上がりつつある騎士たちは、ばっと上着を脱《ぬ》いでいつもの状態に戻ると隊列を組んだ。

「んじゃ、この日のために練習してきた創作組み体操を披露《ひろう》させてもらいます。題名は『双子《ふたご》に捧《ささ》げる筋肉美』。歌担当はハロルドとエーリクとピートです」

礼儀《れいぎ》正しい挨拶が終わると、唐突《とうとつ》に野太い三重唱が始まる。筋肉がうねうねと動き始めるのを見て、あまりのむさ苦しい不気味さにミレーユはヒッと息を呑《の》んだ。固まっている隙をつかれ、たちまち周囲に躍る筋肉が群がってくる。

「いやあああっやめて呪《のろ》われそう!!　ていうか何であたしだけ⁉　フレッドにもしなさいよ！」

「お嬢が元気ないので励《はげ》ましてやれと言われてるんじゃーい」

「元気よ⁉　すっごく元気だから、お願い、もうあたしに構わないでえええええ!!」

ミレーユの絶叫《ぜっきょう》と謎の踊りを皮切りにして、公爵家の誕生会は賑《にぎ》やかに幕をあげた。

白百合の宮にあらわれた青年を見て、日記をつけていたセシリアは眉根《まゆね》を寄せた。

「呼んだ覚えはないわ。何をしにきたの」

「殿下《でんか》のお顔を拝見しにですよ」

いつもと同じせりふを言って、リヒャルトは扉《とびら》をしめた。

今夜は聖誕祭だ。侍女《じじょ》たちが浮《う》かれて鬱陶《うっとう》しいので、早々にみんな下がらせた。いまごろ彼女たちは意中の男性のもとへ手編みのショールを届けているところだろうか。

そんなことを考えている最中《さなか》だったので、彼の登場はセシリアを大いに不機嫌《ふきげん》にした。

「わたくしは見せ物ではないと言ったはずよ。こんな日にわたくしのところへ来るなんて、あなたは相当な物好きね」

ずけずけとした憎《にく》まれ口にも、彼はただ笑っただけだった。いつもと同じ優《やさ》しい顔で。

強気な態度が通用しないことを思い知り、セシリアはぷいと横を向く。

「――あの人は、どうなったの」

名前は出さなかったが、それが偽公女のことだとリヒャルトはすぐわかったらしかった。

「いろいろと話を訊《き》いているところです」

「その後は？」

「それは陛下がお決めになることとですから――。ですがどちらにしろ、殿下に不利益がおよぶようなことにはなりませんよ」

優しい言葉をいわれても、セシリアの心は晴れなかった。

王女を守るために彼が手を汚《よご》すこともあると知ったときから、以前のように純粋《じゅんすい》に慕《した》うことができなくなってしまった。自分のそばにいるよりも、もっとふさわしい場所があるのではないかという気がするのだ。

一緒《いっしょ》にいたい人がいるくせに、それを我慢《がまん》してまで傍《そば》にいて欲しくない。もう、独りがさみしくて泣いてばかりの子どもではないというのに。

「──ミレーユって、伯爵《はくしゃく》の妹だそうね」

強引《ごういん》に話を変え、彼が口を開く前に追及《ついきゅう》を重ねる。

「彼女、あなたと一緒にいた人でしょう。王太子殿下の婚約披露《こんやくひろう》の宴《うたげ》で」

「よくご存じですね」

驚《おどろ》いたように言われ、少し赤くなった。知らない女の人といるのでびっくりして、まじまじと観察していたのを思い出したのだ。

だからこそよく覚えている。彼が、自分に見せるのとはまた違《ちが》った甘い表情をして彼女を見ていたのを。

「あなた、彼女のことが好きなの？」

リヒャルトは一瞬言葉に詰《つ》まったような顔をしたが、やがて苦笑《くしょう》を浮かべた。

「最近、よくその手の質問をされるのですが……」

「どうなの」

「……」

「答えなさい。命令よ」

困ったように目をそらすのを見て、セシリアは意地になった。

「わたくしには嘘《うそ》をつかないと誓《ちか》ったはずよ」

黙《だま》っていたリヒャルトは、その言葉に観念したように嘆息《たんそく》した。

「はい。――好きです」

どことなく決まり悪そうで、でも照れくさそうなその顔を見て、セシリアはふんと鼻を鳴らした。――さっさと白状すればよいものを、この強情っぱりめ。

「だったら、ここに居座られるのは迷惑《めいわく》ね。目障りだから出て行ってくださらない？」

「……殿下」

「い、今すぐあの人のところに行かないと、もう一生口をきいてあげないから！」

気《き》を利かせていると悟《さと》られるのが恥《は》ずかしくて、セシリアは頬《ほお》を赤らめて叫《さけ》ぶ。これでもまだ言う事をきかないなら次はどうしようかと考えていると、リヒャルトは諦《あきら》めたように口をひらいた。

「わかりました。ありがとうございます」

「な、何のお礼かしら？　さっぱりわからないわ」

「では、最後にこれを」

あらたまったように何か包みを取り出す。

光沢《こうたく》のある布にくるまれていたのは、青い宝石が三つ連なった首飾《くびかざ》りだった。

「前シアラン大公妃が嫁《とつ》がれる前、国王陛下より贈られたものです。ぜひ殿下にと陛下からお言葉がありました」

「……なぜわたくしに？」

「あなたが持っていたほうが、母君も喜ばれるでしょう」

リヒャルトは微笑《ほほえ》み、セシリアの掌《てのひら》に布ごとそれをのせた。

大公妃の形見、『海のしずく』――。

顔も覚えていない母のぬくもりがまだ宿っているような気がして、セシリアはそれにそっとふれた。


盛り上がる宴を抜《ぬ》け出して、ミレーユとフレッドはバルコニーから庭を見下ろしていた。

「やれやれ。お父上とママを一緒にするとこんなになるなんて思わなかったよ」

ぶどう酒の注《つ》がれた杯《さかずき》をひとつ手渡《てわた》し、フレッドは軽く自分の分をかかげる。

「それじゃあらためて。ミレーユ、十七歳の誕生日おめでとう」

「フレッドも、おめでとう」

ミレーユは微笑んで彼の杯に自分の分を合わせた。

兄が母と祖父を招待していたという事実は、ミレーユにとって一番嬉《うれ》しい誕生日の贈り物となった。事前に手紙で今日のことを持ちかけ、ひそかに実家を訪ねて渋《しぶ》る母を説得していたらしい。了承《りようしよう》を得たので迎《むか》えの馬車を出し、昨日ジルドに到着《とうちやく》したと連絡《れんらく》が来たので今朝になって迎えに行ったのだという。

店をロイに任せてきたと聞いたときにはさすがに少し心がふさいだが、自分などいなくても店はやっていけるのだと、悲しいが認めるしかない。

「たまには、家族水入らずの誕生日もいいものだろ?」

フレッドに笑って頰を軽く突《つつ》かれ、ミレーユは憂鬱《ゆううつ》を顔から追い出した。

「……うん。ありがとう、フレッド」

こんな日が来るなんて思わなかった。もちろん、夢見たことは数え切れないほどあったけれど。

知らない間に母と祖父を招待していた兄の悪戯《いたずら》心がまぶしくて、嬉しかった。それを誇《ほこ》ることもしない彼を、やっぱりすごいと思ってしまう。

「もしかしたら、今までで一番嬉しい誕生日かも」

「そうかい? ぼくにはきみのその笑顔《えがお》が最高の誕生日の贈《おく》り物だけど……。でもなんだか沈《しず》んでるね。悩《なや》み事があるんなら言ってごらんよ。相談にのるから」

フレッドは手すりにもたれ、探《さぐ》るように見つめてくる。ミレーユは言葉に詰まって見返した。

絶対に誰にも言わないと決めたことだったが、このままでは問題は解決しないと思い直し、ためらいがちに口を開く。

「……セシリアさまのことって、みんな知ってることなの？」

思いがけない質問だったのか、フレッドは曖昧《あいまい》な顔でうなずいた。

「まあ、王家の方々や白百合の騎士《きし》はね。でも侍女たちは知らないから、言っちゃだめだよ」

「わかってる、絶対言わないわ。——じゃあ、リヒャルトも知ってるのね」

「もちろん」

ミレーユはしばらく黙ってから、思いつめた顔で切り出した。

「実はね……、リヒャルトとセシリアさまって、禁断の恋人《こいびと》同士なんだと思うの」

フレッドはぽかんと口を開けた。それからいきなり笑い出した。

「笑い事じゃないわよ。あたし見たんだから。ふたりが、その……キスしてるところ」

思わず声をひそめて言うと、フレッドはさすがに笑うのをやめ、怪訝《けげん》そうな顔になった。

「それはないよ。もしそれが本当なら、ぼくは彼との友情を考え直さなくちゃならなくなる。セシリアさまは王女で、リヒャルトはその騎士だよ。騎士は王女に恋しちゃだめなんだから」

「だから、身分違いの恋に悩んでるんじゃないかって言ってるの」

懸命《けんめい》に訴《うった》えるミレーユを見てフレッドはまた笑い出した。なにがそんなにおかしいのやら、涙《なみだ》すら浮かべて笑い続ける彼に、ミレーユは頭に来てさけんだ。

「親友が悩んでるのに、爆笑《ばくしょう》してんじゃないわよ！　どうにかしてあげたいと思わないの!?」

「ああ……まったく、どうにかしてあげたいよ。リヒャルトもかわいそうに」

「そう思ってるんなら一緒に考えて！　ずっと悲恋《ひれん》のままなんてかわいそうよ。駆《か》け落ちとかさせたほうがいいんじゃない？」

「まあまあ。思い込みはよくないよ。駆け落ち作戦を練る前に、本人に直接確かめてみたら？」

そう言って庭へ目をやるのにつられ、ミレーユもそちらを見た。門から一直線に続く石畳《いしだたみ》を誰かが歩いてくる。

「歩いてきたのかな。別に遅《おく》れても馬車で乗り付けてかまわないのに」

つぶやいたフレッドは、ふいに手を大きく振《ふ》った。

「リヒャルト、ちょっとそこで待ってて！」

リヒャルトが気づいて足を止める。こちらを見上げてくるのに笑顔で応じて、フレッドはミレーユを見た。

「さ、行きなよ。ぼくは後から行くから」

うながされ、ミレーユは怯《ひる》んだように目をそらした。

「……リヒャルトとふたりきりになるのは、いろいろまずいのよ。フレッドも一緒《いっしょ》に来てよ」

「何がまずいのさ」

「だってあの人、変なのよ。前触《まえぶ》れもなく急にかわいいとか言ったりしてくるし」

「それくらい、ぼくだって毎日言ってるだろ？」

「いきなり抱《だ》きついてきたりとか……」

「それも毎日やってるじゃないか。――って、ついにやられたの？」

やっと少しは前進したかとフレッドは身を乗り出したが、ミレーユは急に怒《おこ》り出した。

「だってフレッドとは違《ちが》うじゃない！　いや、言ってることは同じなんだけど、リヒャルトがやると動悸《どうき》が激しくなるのっ。むやみにそういうこと言っちゃだめっていっても、全然直らないのよ」

フレッドはやれやれと肩《かた》をすくめた。どこをどう聞いても相談ではなく惚気《のろけ》なのに、一体いつになったら自覚してくれるのやら。

「そう難しく考えることないと思うよ。いつもぼくにやってるみたいに、リヒャルトにもちょっと甘えてみたら？　きっと喜ぶと思うな」

「甘える……？」

つまり、兄と妹のように戯《たわむ》れろということだろうか。

ミレーユは難しい顔で考え込んだが、やがて決心したようにうなずいた。

「わかった、やってみるわ。ちょっと言いたいこともあったし。行ってくる」

「がんばってね」

笑顔で見送られ、ミレーユは緊張《きんちょう》の面持《おもも》ちで踵《きびす》を返した。

これは良い傾向《けいこう》なのか悪い傾向なのか。

ひとりになったバルコニーで、杯を手にしたままフレッドは考えこんだ。

家業第一で恋愛に奥手な妹が、どうやらようやくリヒャルトを恋愛対象として認識しはじめたらしい。限り無く無意識ではあろうが、それでも事実は事実だ。

けれどもそれと同時に、彼との関係に尻込《しりご》みしているのも事実である。免疫《めんえき》がないせいで自分の気持ちにも気づいていないどころか、その感情を頭から追い出そうとしている。それはおそらく、鈍感《どんかん》だからというだけではないのだろう。

——父を早くに亡《な》くした母を見て育ったせいで、恋愛するのが怖《こわ》いのかもしれない。

それはかなり以前から感じていたことだった。もてないことを嘆《なげ》くくせに、異性から女の子扱《あつか》いされると途端《とたん》に引いてしまう。そのますますっぱり無意識に切って捨てるのを、今まで何度見ただろう。

「それじゃ駄目《だめ》なんだよ。……いつまでも子どものままじゃ」

庭に出てきた妹をバルコニーから見下ろして、フレッドはつぶやいた。リヒャルトが迎えているのを見届けて、くるりと向きを変える。

ちょうどバルコニーの入り口に侍女《じじょ》のエルザが顔を出したところだった。

「エルザ、おじいちゃんの腰《こし》はどう？」

「ええ、もう少しお休みになるそうです」

「長旅で無理させちゃったからなあ」

ぼやくフレッドに、エルザは遠慮《えんりょ》がちに続けた。

「実は、坊《ぼっ》ちゃまに会いたいという方がいらしてるんですけど……」

「お客さん？　親衛隊の誰かかな。でも今日はたしか抜け駆け禁止なはずだけど」

「いえ、男の方です。なんでも、預かっていたものを直接返したいとか」

「ふむ……？　とりあえず会ってみよう。――念のため剣《けん》を」

まさか屋敷《やしき》にまで厄介《やっかい》な客は来るまいと思ったが、用心のためだ。フレッドはエルザの差し出す剣を受け取って階下へと向かった。


庭で待っていたリヒャルトはめずらしく深刻な顔をしていた。

いつもならこんな時、笑顔で迎《むか》えてくれるはずなのに。そう決め付けてしまうのは自惚《うぬぼ》れているせいだろうか。

妙《みょう》に不安を覚え、ミレーユは彼から少し距離《きょり》を置いたところで立ち止まった。顔を見られて嬉《うれ》しいはずなのになぜだか足は逃《に》げ出しそうになる。

するとこちらの心を読んだかのようにリヒャルトが口を開いた。

「……責任を取らせてください」

「……へ？」

「エドゥアルト様には殺されても許しをもらいます。あなたも、どうしても嫌《いや》なら、そうしてくれて構いません。どんな形でもいいから償《つぐな》いたいので」

思いつめたように言われ、ミレーユはぽかんとして彼を見上げた。

「何の話？　パパに殺されるって、何事？」

「……俺はどうしようもなく寝起《ねお》きが悪いんですよ」

しばし沈黙《ちんもく》してから、彼は苦悩《くのう》の表情で目を伏《ふ》せた。

「起きてからもしばらくは頭が働かないし、自分の言動を何ひとつ覚えてないんです。でもそんなことは言い訳にならない。あなたを傷つけたことに変わりはないし、何よりこれ以上避《さ》けられるのは耐《た》えられません。だから責任を——」

「ちょ、ちょっと。どうしてリヒャルトの寝起きが悪いとあたしが傷つくのよ？」

「いや、だから……、仮眠室《かみん》に俺を訪ねてきたでしょう。その時に……やらかしてしまったようなので」

「仮眠室？」

もしやあの時のことを言っているのだろうか。しかし、記憶《きおく》にないと言っているわりに、その気まずそうな顔はなんなのだろう。

ミレーユは訝《いぶか》しげに考え込んだ。どうもさっきから互《たが》いの言い分に食い違いがある気がする。

そもそも、彼は一体何の『責任』をとると言っているのか。

（やらかしちゃったって言うけど、抱き枕《まくら》にされただけよね。それくらいでパパに殺されるとか責任をとるとか、ちょっと大げさすぎない？　まるで何か間違いを起こしたみたいな言い方して……え……）

はた、とミレーユは目を見開いた。

なぜそう思ったのかはよくわからないが、彼はすさまじい勘違《かんちが》いをしているのでは——。

信じられない妄想《もうそう》の飛躍《ひやく》だ。弱りきった顔をしているリヒャルトを見つめ、みるみる頬《ほお》が熱くなる。

「何考えてるの⁉　そんなこと起こるわけないじゃない！　何をどうしたらそういう答えに行き着くのよっ」

突如《とつじょ》真っ赤になって怒り出したミレーユに、リヒャルトはたじろいだように答える。

「だって、あの後あからさまに俺を避けるようになったでしょう。顔を合わせてもすぐ逃げられるし、何かしでかしたんだとばかり……。違うんですか？」

「違うに決まってるじゃないの！　寝ぼけて抱きついてはきたけど、それ以上の行為《こうい》は一切《いっさい》何もしてないわ！　ああもう信じらんないっ、そんなこと考えてたなんて、やっぱり男はみんなけだものね！　シェリーおばさんの言った通りだわっ」

けだもの呼ばわりされてリヒャルトは少しショックを受けたが、勝手に考え違いをしていたのは事実なので反論できなかった。それよりも身の潔白が明らかになったことで彼は深く深く安堵《あんど》の息をついた。

「そうだったんですか。よかった。これで安心して陽《ひ》の下を歩けます」

「全然よくないわよ⁉　息は詰《つ》まるし胸がつぶれそうになるし動悸は激しくなるし、色んな意味で死にそうになったんだから！　やめてって言ってるのに無理やり抱き枕にして、挙げ句に別の女の子の名前で呼ぶなんて、もうほんと、心臓に悪すぎるから二度としないでよね！」

あんな行為は名を呼んだ当人の前だけでやってもらいたいものだ。無関係なのに巻き込まれて、思わずどきどきしてしまっただなんて恥《は》ずかしくて腹が立ってくる。

がみがみと怒《おこ》られ、肩身《かたみ》が狭《せま》そうにミレーユの言い分を受け止めていたリヒャルトは、怪訝《けげん》そうに訊《き》き返した。

「別のって……、誰ですか？」

「もういいわよ、わかってるから。サラってあの方のことなんでしょ。誰にも言わな——」

途端、リヒャルトがさっと頬をこわばらせたので、ミレーユは口をつぐんだ。

瞳《ひとみ》が明らかに動揺《どうよう》した。それだけで、その名前が彼にとって特別なものだと気づかされる。

だがリヒャルトはその動揺を一瞬《いっしゅん》で苦笑いの中に隠《かく》した。

「なるほど。たぶん、夢と区別がつかなかったんでしょう。驚《おどろ》かせてすみませんでした」

「そんな、謝らなくてもいいけど……」

彼がそれを隠した分、こちらのほうが動揺してしまう。だがリヒャルトはごまかすことなくあっさり教えてくれた。

「サラっていうのは、俺の従姉《いとこ》なんです。もうだいぶ前に亡くなったんですが、今でもたまに夢に出てくることがあって……。その時もその夢を見てたんだと思います。自分では覚えてないんですが」

ミレーユはうろたえて目を伏せた。セシリアの名前を聞き違えたとばかり思っていたのに。まさか亡くなった人のことだったとは——。

「ご、ごめんなさい……、勝手に変な勘違いして」

「いや、まぎらわしいことをした俺が悪いんですから」

ミレーユが落ち込んだのを見て、リヒャルトは少し慌《あわ》てたようだった。しかし当初の話題が一段落ついたことで冷静さを取り戻《もど》したのか、思い出したように懐《ふところ》に手を入れる。

「それより、今日はこれを渡《わた》しにきたんです」

青い小さな箱を差し出される。何事かと顔をあげると、彼はおだやかに微笑《ほほえ》んだ。

「誕生日おめでとう」

「…………えっ」

ミレーユは絶句してその箱を見つめた。

ついさっきまではこんな展開が待っているなんて考えてもみなかった。嬉しいというより心底びっくりして、どう反応したらいいのかわからない。

固まってしまったミレーユの代わりに、リヒャルトは箱のふたを開ける。中には布に埋《う》もれるようにして一対の耳飾《みみかざ》りがあった。

小指の先ほどもある青い宝石が銀細工の型で縁《ふち》どられている。少し沈《しず》んだ色のそれは、大ぶりな石であるにもかかわらず軽薄《けいはく》な派手さはなく、上品な輝《かがや》きを放っていた。

「きれいな青……」

思わず目を奪《うば》われてしまう。リヒャルトは片方を丁寧《ていねい》につまんで取り出した。

「シアランの海の色です」

「シアランの？」

「そう」

彼はそれを目の高さに持ち上げ、じっと見つめた。

「昔は好きじゃなかったけど……。こうして見ると、やっぱり嫌《きら》いになれないな」

ひとりごとのようにつぶやく。そのまなざしは、青い石を通してなにか別のものを見ているかのように沈んでいた。

「嫌いだったの？　こんなにきれいなのに……」

「今は好きですよ。あなたの瞳と同じ色だし」

そう言って、月のほうへと石の部分を向ける。

「ほら、こうやって月光に透《す》かすようにすると、小さい滴《しずく》みたいな模様が浮《う》かぶんですよ」

言われるままのぞきこむと、確かに滴のような模様がきらきらと反射している。

「月の光にだけ浮かび上がるから、月の涙《なみだ》って呼ばれているんです」

「へえ……。きれいな名前ね」

「瞳の色と同じだから、きっと似合うと思います」

滴模様に見惚《みと》れていたミレーユは、その言葉にはたと目線を戻した。

本当にもらってしまっていいものだろうか。彼がこの耳飾りにとても思い入れがあるように見えたけれど――。

「あの、でも、すごく大事なものみたいだし、もっと他《ほか》の――ふさわしい人にあげたほうがいいんじゃないかなって思うんだけど……」

気持ちだけで充分嬉《じゅうぶんうれ》しいし、これは宝石の似合う人につけてもらったほうがいい。そう思って申し出たら、リヒャルトはふいに笑《え》みを消した。

「そんな人、いませんよ」

「でも」

「あなただけです。他の人はいらない」

たじろぐほどに真剣《しんけん》な顔で彼は言った。雰囲気《ふんいき》にのまれ、ミレーユは赤面することすら忘れて彼の瞳に見入った。

硬直《こうちょく》しているのに気づいてか、リヒャルトは表情をやわらげて続ける。

「……だから、誕生日の贈《おく》り物くらい受け取ってくれませんか」

彼の笑顔につられたように赤くなりながら、ミレーユはこくりとうなずいた。

「うん……。ありがとう」

「じゃあ、ちょっとつけてみてください。せっかくなので」

言うなり彼は手をのばしてミレーユの耳から飾りをはずした。急に距離《きょり》を詰められ、耳にふれられて、ミレーユはぎょっとして後退《あとじさ》った。

「え、あの、じ、自分で」

「じっとして。危ないですよ」

ひんやりとした感触《かんしょく》とすぐそばで聞こえた声に思わず身体《からだ》を硬《かた》くする。

こういう時、男性に装飾《そうしょく》品をつけてもらうのは世間一般《いっぱん》では当たり前のことなのだろうか。

経験不足のため判断がつかず、親切を断るのも悪い気がして、ミレーユは落ち着かない心地《ここち》でされるがままになっていた。

（まあ、耳飾りを付け替《か》えてもらうだけだし、変に意識するほうがおかしいのかも……）

しかしその考えは甘かった。両方つけ終えたリヒャルトは、離《はな》れるどころかとんでもないことを言い出した。

「じゃあ、聖誕祭のおまじないを」

「――え⁉」

おまじないといえば確か、リディエンヌが言うには贈り物を交換《こうかん》した後で口づけするという話だったはずだ。

「ちょ、待っ……、だってこれ、誕生日の――」

「ええ、でもせっかくだから」

一体何が『せっかく』なのか、彼は動転するミレーユの肩《かた》を引き寄せ身をかがめてくる。ミレーユは思わずぎゅっと目をつむった。

だが予想した事態が起こることはなかった。聞き取れないほど小さなささやきを耳元に感じただけだ。

「……え？　何？　なんて言ったの」

ほっとするやら拍子抜《ひょうしぬ》けするやら、間の抜けた声で訊き返すが、身体を離したリヒャルトははぐらかすように笑った。

「秘密」

「なんで⁉　耳元で言ったのに、ずるい」

「あれ、聞いたことないですか？　贈り物を渡した後、耳元で相手に聞こえないように願い事をするっていうまじないなんですよ。もし聞かれてしまったらその願いは叶《かな》わないんです」

リディエンヌに聞いていた聖誕祭の儀式《ぎしき》とは別物だったようだ。一口に儀式といっても他にもそういったものがいろいろあるのだろう。

「ああ、だから小さい声で言わなきゃいけないのね。大丈夫《だいじょうぶ》よ、さっきの聞こえてないから」

リヒャルトは何も言わずに笑った。なにを願ったのかはわからないが、ほんのちょっとだけ残念そうな顔をしたのは気のせいだっただろうか。

それにしても、このおまじないなら自分もぜひやってみたいのだが、やはり制約はあるのだろうか。

「あたしもやってみたいんだけど、これって贈り物をしてなきゃだめってことよね。代価みたいなものでしょ？」

「別にいいんじゃないですか。ただのまじないだし」

「だけど、叶わなかったら意味ないじゃない。大事なことだから真剣にお祈《いの》りしたいし」

自分の身なりを見下ろしてみるが、とてもリヒャルトにあげられそうなものは身につけていない。女性用の装飾品などをあげるのはいかにも間に合わせという感じがするし、第一これらは全部自分のものではないから勝手に贈るわけにはいかない。

「それだけ心をこめて祈るなら、何も贈らなくても構わないと思いますけどね」

そう言ってリヒャルトは軽く身をかがめた。目で促《うなが》され、ミレーユは少し迷ったが、せめてもの代わりに告白しようと口をひらく。

「……白状するわ。本当はあなたにショールを贈るつもりだったの」

問うように見られ、急いでつけたした。

「あ、いいえ、深い意味はなくて日頃《ひごろ》のお礼っていうことでだけど。──でも、出来上がらないうちにランスロットに盗《ぬす》まれちゃって……。結局取り戻せなかった」

「……それであんなに必死になってたんですか」

うなずくと、リヒャルトはぼそりとつぶやいた。

「もう一発殴《なぐ》っておくんだったな……」

「え？」

「いえ。じゃあ、その気持ちを俺に贈ったことにして、願い事をしてみたらどうです？」

「うん……。聞かないでよ？」

「はい」

吐息《といき》まじりに笑みをこぼす彼の腕《うで》につかまり、ミレーユは軽くつま先立って耳元に口を寄せる。それから、ここしばらく考えていたことをそっとささやいた。

「………」

真顔のままリヒャルトがこちらを向いたので、ミレーユは慌てて訊《き》き返した。

「も、もしかして、聞こえた？」

「……いえ」

少しかすれた声で否定して、リヒャルトは身体を起こした。ふう、と深く息をついて夜空を見上げる。

そのまま黙《だま》り込んでしまったので、不審《ふしん》に思ってミレーユは彼を見た。リヒャルトはひたすら暗い空を見上げている。月も出ていないのに何を見ているのだろうと不思議に思ったが、ふと気がついた。

（もしかして、セシリアさまのことが気になってるんじゃ……？　時間を知りたくて月の位置を見ようと探してるのかもしれないわ）

残念なことにミレーユも時計は持ち歩いていない。言い出せずにいるのかもと思うといてもたってもいられず、急いでリヒャルトの背中を押した。

「こんな日にセシリアさまと一緒《いっしょ》にいなくてどうするのよ。さ、もう宮殿《きゅうでん》に戻《もど》ったほうがいいわ」

「何ですか、急に」

「何ですかじゃないでしょうが。せっかくの恋人《こいびと》同士のお祭りの夜に、邪魔《じゃま》なやつらはみんなうちに来てるのよ。ふたりきりになる絶好の機会なのに、こんなところで油売ってちゃだめじゃない。きっとショールを用意して待っていらっしゃるはず……、でもセシリアさまって確か黄色の毛糸で編んでらっしゃったような」

思い出して首をひねっていると、背中をぐいぐい押されるまま屋敷《やしき》のほうへ向かわされていたリヒャルトがぴたりと足を止めた。

「そんなに追い返さないでください。まだ全然足りてないのに」

「あ、じゃあセシリアさまの分もお酒とか料理とか持って帰ったら？」

「いや、それじゃなくて。やっとふたりきりで会えたんですから、これから四ヶ月分取り戻したいんですよ」

「だけど聖誕祭は年に一回しかないんでしょ？　そんな貴重な日に好きな人といないでどうす……ああっ！」

肝心《かんじん》なことを忘れていたのを思い出し、ミレーユは思わず叫《さけ》んだ。目を見開くリヒャルトに慌《あわ》てて謝る。

「ごめんね、さっきのおまじない、セシリアさまとのことを祈ってあげればよかった。もうひとつの方に気を取られすぎてうっかりしてたわ。ひとりにつき一つしか駄目《だめ》なのよね。もし来年もアルテマリスにいたら、今度は絶対こっちをお祈りするから」

さっぱり要領を得ない訴《うった》えに、リヒャルトは困惑《こんわく》してミレーユを見つめ返す。

「王女殿下《でんか》が何なんです？　なんだかやたら気にしてますね」

「隠《かく》さなくてもいいわ。あたし、応援《おうえん》するから」

「何を？」

「あなたとセシリアさまの禁じられた恋路《こいじ》をよ」

近年稀《まれ》に見る爆弾《ばくだん》発言をされ、リヒャルトは驚《おどろ》きを通りこして途方《とほう》に暮れた。絶句する様を誤解したのかミレーユは少し赤くなり、もじもじと打ち明ける。

「実はね、見ちゃったの。ふたりが、その……、口と口をくっつけてるところ」

「………そんな馬鹿《ばか》な」

「まあ、正確には角度的に口がくっついたところは見えなかったんだけど、でもそういう姿勢と流れはばっちり見たわ。白百合の宮で、ランスロットが来る前の夜よ」

リヒャルトは唖然《あぜん》として黙り込んでいたが、やがて思い出したように吐息をついた。

「ああ……。あれは熱を測ってたんですよ。これでしょう？」

言うなりミレーユの頰《ほお》を挟《はさ》んで引き寄せ、額に自分の額を付ける。あまりに自然かつ早業にミレーユはとっさに反応できなかった。

「──ね？」

至近距離《きより》から爽《さわ》やかに同意を求められ、呆然《ぼうぜん》とされるがままになっていたミレーユは一気に赤面して飛び退《すさ》った。

「ね、じゃないわよっ。あなた、何？　セシリアさまの熱を測るのにこんな方法でやってるの!?　一体どこまで天然なのよ！　爽やかに言ったってあたしは騙《だま》されないわよ！」

「いや、まあ、殿下にも怒《おこ》られましたが」

申し訳なさそうに謝ろうとしたリヒャルトは、ふと屋敷のほうを見て動きを止めた。

何事かとつられてそちらを見上げると、灯りのついた二階の窓辺にドレス姿の人影《ひとかげ》がある。

彼女はふたりの視線に気づくと、にやりと笑って親指を立てた。

「な……⁉」

楽しませてもらったよと言わんばかりの笑顔《えがお》に愕然《がくぜん》としていると、その人影は身を翻《ひるがえ》して姿を消した。


「窓の外に、何かおもしろいものでもあるのかい？」

そわそわと声をかけられ、ジュリアは笑いをこらえきれずにうなずいた。

「あるわよ。でも、あんたは見ちゃだめ」

窓辺に寄ろうとしていたエドゥアルトは、その言葉にぴたりと動きをとめた。

「わ、わかったよ。きみの嫌《いや》がることはしない」

慌てたように言って、がちゃがちゃと食器を並べ始める。

「お茶をいれようか。飲むかい？」

「お酒のほうがいいわねえ」

「あ、そうだねっ。いやはや、きみの酒豪《しゅごう》ぶりには本当に惚《ほ》れ惚《ぼ》れするよ。ちょっと待っててくれ、持って――あいたっ」

何もないところで躓《つまず》き、そばにあった壺《つぼ》を派手にひっくり返したのを見て、ジュリアの額に青筋が浮《う》かんだ。

「ああもう、鬱陶《うっとう》しいから、うろうろしないでそこに座りなさい！」

ぴしりと言われ、部屋を出ようとしていたエドゥアルトは神速で長椅子《ながいす》へと戻った。

窓辺を離《はな》れ、ジュリアは立ったまままもう一度外へ目をやる。

「……彼、ちょっとあんたに似てるわね」

「彼って？」

「リヒャルトだっけ。ミレーユの恋人」

「なっ……、ミレーユに恋人なんていない!!」

ぐわっ、と目を血走らせたエドゥアルトだったが、ジュリアがなぜそんなことを言い出したのかわからず、不本意そうに訊《たず》ねる。

「似てるって、どこがだい？」

「そうねえ……。坊《ぼっ》ちゃんぽくて、人当たりはいいけど、実は根暗っぽいところ」

エドゥアルトはほんのり頬をそめた。

「ふふ……。そうか、根暗かあ」

「どこで喜んでんのよ」

ジュリアは呆《あき》れて彼を眺《なが》めた。昔から誉《ほ》め言葉より貶《けな》し言葉に快感をおぼえる男だったが、それは今も変わっていないらしい。

ひとしきり照れてから、エドゥアルトはようやく我を取り戻したように微笑《ほほえ》んだ。

「――そうだね。確かに似ているかもしれない。偽《いつわ》りの自分を抱《かか》えて、それを愛する女性に隠して過ごしているところもね」

急に落ち込んだ表情になった彼をジュリアはちらりと見た。ひとつ息をつき、歩み寄る。

「……エド」

「うん？」

顔をあげたエドゥアルトの額を、思い切り指ではじく。

「痛い！」

「そういう辛気《しんき》臭《くさ》い顔が似合うところも、そっくりね」

鼻先に指をつきつけて言うと、彼女は大きく背伸《せの》びをした。

「あーあ。へたれに付き合ってたらお酒が抜《ぬ》けちゃったわ。広間で筋肉青年たちと飲んでこようっと」

「ま、待ってくれジュリア、私より彼らといるほうがもしかして楽しいのかいっ」

「男はやっぱり筋肉よね」

「待ってえぇ――――!!」

掌《てのひら》で転がされているとも知らず、エドゥアルトは涙目《なみだめ》になってジュリアを追ったのだった。

西にある通用門へとやってきたフレッドは、背の高い人影を見つけて立ち止まった。

無造作な黒髪《くろかみ》の若い男。気配に気づいたのか、ふりむいて微笑んだ。

「こんばんは、伯爵《はくしゃく》」

親しげに挨拶《あいさつ》されたが、いくら観察してみても見覚えがない。

「俺だよ。つれないな。この前はふたりで追いかけっこした仲だろ」

「……悪いけど、記憶《きおく》にないな」

「おいおい。わざわざ返しにきてやったのに、そんな言い草はないだろ。ほら、大事なものだ」

彼は持っていた包みをフレッドに押し付けると、急に身をかがめて顔をのぞきこんできた。艶《つや》をふくんだ灰紫色《はいむらさきいろ》の瞳《ひとみ》が細められる。

「誰のために編んでたのか知らないが、悪いことしちまったな。これで相手にふられたんならちょっと責任感じるけど」

わけのわからないことを言いながら顔を近づけてくる男を、フレッドは平然と見返した。

「ちゃんと聞こえてるから、少し離れて話してくれるかな」

「そう言うなって。この前はいいところで邪魔《じゃま》が入ったが、今日は――」

なだめるように言いかけて、彼ははたと動きを止めた。

フレッドを至近距離から凝視《ぎょうし》し、混乱したように目を瞬《また》く。

「あれ……？　おまえ、男……？」

「男以外に見えるのなら、一度医者にかかったほうがいいね。で、結局きみはどこの誰？」

「い、いや、まて、あのときは確かに女だったはず……。でもこいつからは女の匂《にお》いがしない……。どういうことだ？　おまえ、いつから男になったんだ」

「失礼だな。ぼくは生まれたときから正真正銘《しょうめい》の男だ」

「そんな……、じゃあ俺は男の顔なんか舐《な》めちまったってことかよ！」

フレッドは急に取り乱し始めた男をいぶかしげに見ていた。しかし彼がもたらした断片的な情報を組み立てた結果、とんでもない事実に行き着いて目を瞠《みは》った。

「………ああ、まったく。男相手に欲情して、きみはとんでもない間抜《まぬ》けだな。ここでぼくに成敗されるのがふさわしい」

低い声で宣告すると、渡《わた》された包みを後方へと投げやる。持っていた剣《けん》を抜き放ちざま相手の首元へ振《ふ》り薙《な》いだ。

「うおっ、と！」

すんでのところでかわした相手は、外套《がいとう》の裾《すそ》をひるがえして門を飛び出した。

「エルザ、弓を！」

追いかけて門を出るフレッドに、走ってきたエルザが弓矢を渡す。すばやくつがえて構えるが、標的はすでに夜の闇《やみ》にまぎれていた。

「くそ……」

誰もいない通りに立ち尽《つ》くし、フレッドはいまいましげに舌打ちした。

――どこの誰かは知らないが、件《くだん》の訪問者がベルンハルト伯爵の抹殺《まっさつ》目録の第一位に書き加えられたのは、言うまでもない。

じゃれていた現場を母に目撃《もくげき》されたミレーユは、激しくうろたえていた。

「まずいわ、絶対からかってくるに決まってる。明日からどんな顔して会えばいいの⁉」

リヒャルトは申し訳なさそうに謝った。

「すみません。軽率でした。もっと人目につかない場所に行ってやるべきでした」

「いや、そ……、そうじゃないでしょ！　むやみやたらとああいうことしちゃ駄目《だめ》って言ってるのよ。何度言えば――」

「じゃあ、行きましょう」

言うなり手を引いて生け垣の奥へ連れていこうとするので、ミレーユは目をむいた。

「だから、そういうこと言ってるんじゃないって……」

「来てください。話したいことがあります」

急に口調が変わったのに驚《おどろ》いて、はっと見上げる。真面目《まじめ》な顔で見つめられ、思わず足がすくんだ。

とっさに逃《に》げ出したくなったが、それを許してくれなさそうな目だ。

「今度は、逃げないで」

心を読んだかのように言われ、つないだ指先に力がこもる。一気に頬《ほお》に熱をのぼらせながらミレーユは目を泳がせた。

「で、でも、話なら、ここでも……」

「ミレーユ――――!!」

どこからか名を呼ぶ声が聞こえ、ミレーユはびくりとしてふりかえった。

見れば、西門の方角からものすごい勢いで走ってくる人影《ひとかげ》がある。

「え……フレッド!?」

あんなに取り乱した兄を見たのは初めてだ。いつもの、のほほんとしている彼のめずらしい行動に仰天《ぎょうてん》して立ちすくんでいると、フレッドが勢いよく飛びついてきた。

「かわいそうに！　どんなに辛《つら》かっただろう!!」

リヒャルトごとミレーユを抱《だ》きしめながらフレッドは嘆《なげ》いた。

「きみの敵《かたき》は必ずとってあげる。絶対にあの男を抹殺してあげるからね！」

「ちょ……苦し」

ふたりの間に挟《はさ》まれ、ぎゅうぎゅうと押しつぶされて、ミレーユは窒息《ちっそく》しそうになった。フレッドはそんな妹の頭にすりすりと頬をよせたが、ふと彼女の耳飾《みみかざ》りに気づいて目をやった。

「――いいの？　ミレーユにあげても」

フレッドの問いに、リヒャルトは少し笑った。

「俺が持っていても仕方ないから」

「そっか……。やっとやる気になってくれたんだね」

「――人の頭の上でなにをごちゃごちゃ話してるのよっ！」

もがいた末にようやく呼吸経路を確保したミレーユは、真っ赤な顔でさけんだ。リヒャルトとふたりでぼそぼそ話していたフレッドは、思い出したように持っていた包みをひらく。

「そうだ、さっき変な男が訪ねてきてさ。ぼくの落とし物だって言ってこれを持ってきたんだけど、心当たりがないんだよね」

差し出されたそれを見て、ミレーユは目をむいた。

「それ、あたしの！」

編みかけのショールと毛糸玉は確かにランスロットに盗《ぬす》まれたものだった。ルーディに借りた捕《ほ》獲《かく》器とヨハンが誰かに贈《おく》るはずだった髪飾《かみかざ》りもある。

「これ届けにきたの？　どこっ、まだいる!?」

「もう逃げていったけど。知り合い？」

「あいつがランスロットよ！　早く捕《つか》まえなきゃ。あいつ、あたしを見て、伯爵が女だって勘《かん》違《ちが》いしてるの」

フレッドとリヒャルトは顔を見合わせた。

「まあ、勘違いしてるらしいのはわかったけど……。ランスロット？　たしか今、北の牢《ろう》に入れてるはずだよね。脱《だつ》獄《ごく》したっていう話は聞いてないけど」

「見張りの者からもそんな報告は入ってないな」

「とりあえず捕まえて問い詰《つ》めればいいじゃない！　どっちに行った？」

駆《か》け出そうとする身体《からだ》を、ふたりはいっせいに引きとめた。

「あなたは行かなくていいです」

「だってこのままじゃ」

「ぼくが行くよ。顔はわかってるし、どうせ今から王宮に行こうと思ってたところだから」

リヒャルトが何か言いたげにフレッドを見る。フレッドは笑顔でその視線に応じると、持っていた包みをミレーユに渡した。

「素敵な鍋敷《なべし》きだね。今度ぼくにも作ってよ」

「なっ……」

「じゃ！」

にっこりと手をあげ、フレッドは颯爽《さっそう》と行ってしまった。

その背中を見送ったリヒャルトは、ミレーユがわなわなとふるえているのに気づいて、驚いて顔をのぞきこんだ。

「どうしたんですか。気分でも――」

「鍋敷きで悪かったわね！　しょうがないじゃない、ショールになる前に盗まれちゃったんだから っ！」

いきなりかみつかれ、リヒャルトは面食《めんく》らって彼女の制作物に目をやった。そこでようやく自分の髪の色と同じなのだと気がつく。

「ああもうあのバカ盗賊《とうぞく》、返しにくるのが遅《おそ》いのよっ！　もおおおおおっ!!」

よほど頭にきたのか、ミレーユは制作物を思い切り引っ張った。毛糸がほぐれていくのを見て、リヒャルトは慌《あわ》てて彼女の腕《うで》をつかむ。

「なにやってるんですか、せっかく編んだのに」

「どこが編めてるのよ⁉ これじゃ全然ショールの役割果たせないでしょ！ 寒いままじゃない！」

「いや、充分《じゅうぶん》心が温まりましたから」

「そんなんじゃ嫌《いや》なの！」

あらためて見てみると編み目もちぐはぐだし、フレッドの言うとおり鍋敷きくらいしか使い道がなさそうな代物《しろもの》だ。

慣れないことをするんじゃなかった。早くリヒャルトの視界から、いやこの世から抹殺してしまいたい。

「そんなに日にちにこだわらなくても、これからも編んでくれたらいいのに。来年の聖誕祭までくらい待ちますよ」

ほどけかけのショールを取り上げながらリヒャルトは言う。取り返そうとむきになっていたミレーユは、眉根《まゆね》をよせて彼を見上げた。

たしかに一年あればさすがに編みあがるだろう。だがその頃《ころ》の自分たちは今のように仲良くしているのだろうか。ふと、そんなことが気になった。

「……じゃあ、そうするわ」

「ありがとう。それじゃ、さっきの話の続きをしましょうか」

話を戻《もど》され、さりげなく手をとられてミレーユは一瞬怯《いっしゅんひる》んだ。しかしこちらも話したいことがあったのを思い出し、拒《こば》むのをやめてうなずいた。

「わかったわ。でもセシリアさまが待っていらっしゃるだろうから、手短に話しましょ」

真顔で言われ、リヒャルトは深いため息をついた。

これでは本題に入るどころではない。彼はミレーユの誤解を解くため、とりあえず弁解することにした。

乙女《おとめ》日記をつけていたセシリアは、ふと思い立って窓を開けた。

涼《すず》やかな風が入ってくる。月のない夜空を見上げ、彼女は思いをめぐらせた。

(ラドフォード卿《きょう》はうまく事を進めているかしら)

もしもミレーユが彼と結婚《けっこん》してくれたら。そうすれば彼はシアランへ戻るのを諦《あきら》めるかもしれない。ぜひともうまく行ってもらいたいものだ。――自分は彼をアルテマリスに引き止める足かせにすらなれないのだから。

「――誰?」

物音が聞こえ、セシリアはふりむいた。

今夜はひとりで寝支度《ねじたく》をするから誰も入ってくるなと言ったのに。聖誕祭を放棄《ほうき》してまでおせっかいを焼きにくるような輩《やから》は即刻《そっこく》たたき出してやらねば。

と気合いを入れて待っていたのに、一番現れるはずのない人物が当たり前のように入ってきたので度胆《どぎも》を抜《ぬ》かれることになった。

「ごきげんよう、王女殿下《でんか》。誰もいないので勝手に入ってきてしまいました」

乙女日記の主役である王子様。今夜もなんて素敵《すてき》な笑顔《えがお》——とときめいている場合ではない。つい今まで日記の中で戯《たわむ》れていた相手の登場に、セシリアは慌てふためいてテーブルの下に日記を投げ込んだ。

「……な、何をしにきたの」

動揺《どうよう》のあまり、訊《たず》ねる声もうわずってしまう。しかし伯爵《はくしゃく》のほうはいつもの調子で、手土産の白薔薇《ばら》を一輪差しだした。

「実は、今日はぼくの誕生日なんです」

「あ、あら、そう。それは知らなかったわ。まったくの初耳ね」

「いやだなあ。確か去年もその前も、同じやりとりをしましたよね」

図星を突《つ》かれ、くっとセシリアは言葉をのむ。妙《みょう》なところで物覚えが良いのだから憎《にく》らしい。

「殿下。今日は聖誕祭であると同時に、ぼくの誕生日なんです」

「それは今聞いたわ。何度言えば気がすむの」

「何度でも申しあげますよ。殿下がぼくに誕生日の贈り物をくださるまで」

「わ、わたくしに物をたかるつもり？　本当にあなたは無礼な人ね。あなたなんかにあげるものなんて、わたくしが用意しているわけがないでしょう」

笑顔でねだった伯爵は、一転して悲しげにため息をついた。

「さみしいな……。誕生日だっていうのに、ぼくのもとには誰からも祝いの品が届かない。ぼくはみんなに嫌《きら》われているんでしょうか」

「だってそれは抜け駆け禁止の――」

思わず白薔薇乙女の決まり言を口走りそうになり、慌てて飲みこむ。彼の言うことを信じるとすれば乙女たちはきちんと規則を守ったらしい。

「あーあ……、なんだかもう、人生が嫌になってきちゃったな。あまりに人望のない自分に心底絶望してしまいますよ」

「…………っ」

うだうだと愚痴《ぐち》を吐《は》かれ、あまりのあてつけがましさにセシリアは青筋を浮《う》かべた。

ほとんどやけくそな勢いで、傍《かたわ》らに置いていた包みを思い切りふりかぶって投げつけてやる。

「ごっ、誤解しないでちょうだい！」

受け止めた伯爵が包みをひらくのを見て、セシリアは声をはりあげた。

「別に、あなたのために編んだわけじゃなくてよ。暇《ひま》だったから編んだだけで、別の意味なんてまったくないんだから。あげたのだって、あなたがあまりに憐《あわ》れで見苦しいからよ。それだけの理由なんですからね」

「ショールですか。素敵だなあ。今日は聖誕祭ですもんね」

「べ、別の意味なんてないと言っているでしょう！　たまたま毛糸があまっていたから、だから暇つぶしにやってみただけよ」

「わあー、ぼくの髪と同じ色だー。毎年ありがとうございます、殿下」

緊張感《きんちょうかん》のない声をあげられ、セシリアは真っ赤になった。相変わらずいちいち神経を逆撫《さかな》ですることばかり言う男だ。

「だからっ、あなたのためじゃないと言っているで――」

「ではぼくもお返しをしないといけませんね」

思いがけないことを言われ、傍らの花瓶《かびん》をつかもうとしていたセシリアは怒声《どせい》を飲み込んだ。

去年やその前の年にはなかった展開だ。

「でも困ったな。まさか殿下に何かいただけるとは思っていなかったので、何も用意していませんでした」

きょろきょろと自分の身なりを見下ろした伯爵は、ふと思いついたように服の袖口《そでぐち》の飾《かざ》り留めをはずした。

「こんなもので申し訳ありませんが、よろしければどうぞ」

セシリアはたじろいで彼を見返した。別に飾り留めが気に食わなかったわけではなく、その行動が純粋《じゅんすい》にめずらしかったのだ。どんなに女性に騒《さわ》がれても、彼が聖誕祭に自分から誰かに贈《おく》り物をしたという話は聞いたことがない。熱でもあるのではないだろうか。

「そ……そんなもの、もらったところでどうしようもないわ。男性用だし、片方しかないなら使い道がないじゃないの」

本当は嬉《うれ》しいのに、つい刺々《とげとげ》しく言い返してしまう。すぐにでも手をのばして受け取りたい、憎まれ口に怒《おこ》って彼があれを引っ込めてしまったらどうしよう。

そんな心配をよそに、彼は特に機嫌《きげん》を損《そこ》ねた様子もなくそれを差し出してきた。

「じゃあ鑑賞用としていかがです？　これは特別に作ってもらったものなので、この世に一対しかないんですよ。それをひとつずつ持っているなんて、素晴《すば》らしい浪漫《ろまん》だと思いませんか」

楽しげに言われ、セシリアは思わずそれを凝視《ぎょうし》する。そんな世界の秘宝級の代物をくれるなんて、何かの罠《わな》だろうかと勘《かん》ぐってしまう。

「そ……、そこまで言うなら、もらってあげてもいいけれど」

伯爵がにっこり笑って手をとる。本心を見透《みす》かされている気がして、セシリアは赤くなった顔をぷいと背けた。

「リヒャルトをうちに寄越《よこ》していただいて、ありがとうございます」

「……え？」

掌《てのひら》に小さな冷たい感触《かんしょく》が落ちる。見下ろしたセシリアは思わず目を瞬《またた》いた。

青を好んで身に着ける伯爵がくれた、この世に一対しかないという特注の袖飾り留め。

それが王女の瞳《ひとみ》と同じ琥珀色《こはくいろ》の石でできていたのは偶然《ぐうぜん》だったのか、それとも彼なりの演出なのか。

一晩中考えても、とうとうセシリアは答えを見つけることができなかった。

軽く小一時間ほどかけてセシリアとの間に何もないことを説明すると、ミレーユは腑《ふ》に落ちない顔をしながらもなんとか納得したようだった。

「つまり、あなたのセシリアさまに対する気持ちって、恋《こい》とかそういう一言で表せない崇高《すうこう》なものだってことなのね。ひとりで盛り上がっちゃってごめんなさい。あたし、騎士道《きしどう》とかよくわからなくて……」

神妙《しんみょう》な顔で謝られ、リヒャルトは苦笑気味にミレーユを見つめた。

「それが気になって贈り物を受け取ってくれなかったんですか？」

「いいえ、そうじゃないの。すっごく嬉しかったんだけど、男の人に贈り物されたことってあんまりないからびっくりしちゃって」

あらためて口に出すと、今さらのように嬉しさと照れくささがこみあげる。誕生日に贈り物を持って誰かが訪ねてきてくれるなんて、十七年の人生において未知の経験だったのだ。

「でも、今までだってあったでしょう。サンジェルヴェでも」

「ないわ。一回しか」

「……あのロイという彼から？」

嫌《いや》な名前を持ち出され、ミレーユはむきになって否定した。

「違《ちが》うわよ！　あいつがそんなことするわけないでしょ。そうじゃなくて、昔、友達にバイオリンの上手な男の子がいたのよ。流浪《るろう》の劇団の子だったんだけど、誕生日に曲を作って演奏してくれたの。わざわざ訪ねてきてくれて、第四楽章まで延々と弾《ひ》いてくれて」

「…………」

「その曲に感動して、自分でも弾いてみたくてその男の子に習ってたんだけど、すぐにサンジエルヴェを離《はな》れちゃって、結局ものにならなくて……」

「バイオリンは無理ですが、ピアノでよかったら教えますよ」

遮《さえぎ》るようなリヒャルトの発言に、ミレーユは目を丸くして見上げた。

「ピアノ弾けるの？」

「少しなら。ちなみにそのバイオリンの彼はどうやって教えてくれてたんですか？」

「ええとね、確かこういう感じで腕《うで》をもってきて、基本形はこうだって。でもなかなかきれいに音が出なく、て……」

いそいそと彼に背を向け、当時のことを思い出して笑いながらふりむいたミレーユは、真後ろに立つリヒャルトの顔を見上げてぎょっと目をむいた。

「な、なによ、この体勢っ」

「あなたが自分でやったんですよ」

「あ……、そうね、ごめんなさ――」

「まあまあ」

慌《あわ》てて逃《に》げようとした身体《からだ》にするりと腕が巻きつく。

「せっかくなので、ゆっくりして行って下さい」

耳元で声がして、一気に顔が熱くなる。

だから一体何が『せっかく』なのか。長い腕に背後から閉じ込められて、ミレーユは硬直《こうちょく》した。

これくらい、父と兄から日常的にされている。それと同じだと思えば平常心でいられる——と思えなくもない。たぶん彼も深く考えず、それこそ妹に対するようにじゃれついているだけなのだろう。変に意識することはない。何しろ彼は天然だし、他《ほか》の意味などないはずだ。

そう自分に言い聞かせ、とりあえず動悸《どうき》を静めなければと、懸命《けんめい》に話題を探す。

「あ、あの……、どうしてピアノ弾けるの？」

「子どものころ、ちょっと習ったことがあるので。父の趣味《しゅみ》というか……家族全員でそれぞれ楽器を奏《かな》でて、演奏会みたいなことをよくやったから」

確か彼の両親は駆《か》け落ちしていたはずだが、趣味で演奏会をやるなんて意外に優雅《ゆうが》な暮らしをしていたらしい。

リヒャルトの声が懐《なつ》かしそうな色を含《ふく》むのを聞いて、ミレーユはようやく自分が言おうと思っていたことを思い出した。

「……妹さんとは今でも会ったりするの？」

「ええ、まあ。今日も会いましたよ」

予想に反し、今でも兄妹の交流はあるらしい。その答えにいくらかほっとする。

「でも追い返されたんですよ」

「まあ意訳すると、辛気臭《しんきくさ》い顔でここに張り付かれるのは鬱陶《うっとう》しいから、会いたい人がいるならさっさとそっちに行け――というようなことを言われまして。行かないと一生口をきかないと脅《おど》されて」

「え、どうして」

結構辛辣《しんらつ》な少女のようだ。おだやかなリヒャルトの妹にしては意外な性格である。

ちょっと怯《ひる》んだが、思い切って訊《き》いてみる。

「リヒャルト、あたしといると楽しい？」

「ええ――楽しいですよ」

「……あたしと妹さんって、似てる？」

リヒャルトは軽くうなって、考えるように間をあける。

「まあ、似てるところもあるかな。感情の起伏《きふく》が激しいところとか、怒ると暴れるところとか……。でも、言動に予想がつかないという点では間違《まちが》いなくあなたが上ですよ。だからこそ一緒《いっしょ》にいると楽しいというか」

失言したと思ったのかリヒャルトは慌てたようにつけ加えた。だがミレーユが考えていたのはそんなことではなかった。

「……じゃあ、あたしのことを妹だって思ってくれてもいいから。本物の妹さんの代わりにはなれないかもしれないけど、少しでも気が休まるなら、それで……」

似ていると言われてちょっとだけほっとした。重ねて見やすいかもしれないと思ったからだ。

兄妹離れて暮らす同じ環境《かんきょう》にある者として、そして大事に思う友人として、少しでも慰《なぐさ》めになりたかった。だが、余計なお世話だと言われてしまったらお終《しま》いだ。この申し出をどう思われるか、本当は少し不安だった。

黙《だま》りこんだリヒャルトは、やがて静かな声で答えた。

「あなたを誰かの代わりだと思って見たことは、一度もありません」

「あ……、そ、そう」

「だから困ってるんですよ。これ以上大事なものを作りたくないのに、どんどん大事になる。今さら忘れられないし、離れたくない。ものすごく困ってます」

申し出を断られたと思いミレーユは落ち込んだが、続けて悩《なや》み相談らしきものを持ちかけられ、微妙《びみょう》に話が続いていないのを不思議に思いつつも懸命に考えた。思えば彼にこういうことを持ちかけられたのは初めてかもしれない。ちょっと張り切ってしまう。

「ええと……、大事なものが増えるって、いいことじゃない？　あたしなら、大事なものがたくさんあると嬉しいっていうか、幸せだけど」

「そうですね。確かに」

少し笑って、彼は独り言のように続けた。

「あなたの大事なものの中には、俺も入ってるのかな」

「それはもちろん……当然でしょ」

「でもあなたにはたくさん嘘《うそ》をついているから……。本当のことを知ったら、嫌《きら》いになるかもしれませんよ」

「なに、それ。嘘つかれたくらいで嫌いになるわけないじゃない。前も言ったでしょ。あなたが何をしようとそう簡単に離れていったりしないって」

ミレーユは少しむきになって言った。嘘をつくのが趣味のような兄と過ごしてきた耐性《たいせい》をなめてもらっては困る。いくらなんでもそこまで短気な性格ではないのに。

背中が少し沈黙《ちんもく》し、つぶやくように問いかけられた。

「……じゃあ、好きになってくれますか」

ぎくりとするくらい心臓が鳴った。勝手に頬《ほお》が熱くなり、ミレーユは焦《あせ》った。こんな体勢のままでそんなことを訊かないでほしい。妹になると申し出たことも忘れて、誤解してしまいそうになる。

けれどもたぶんこれにも深い意味はないのだ。声が沈《しず》んでいるのが気になるけれど、なにしろ彼は途方《とほう》もない天然なのだから。

「さ……最初から、好きよ？」

懸命に自分に言い聞かせながら声を押しだすと、吐息《といき》のような笑いが耳元にこぼれた。

「そういう意味じゃないけど……、今はそれでいいです」

ゆるやかに閉じ込めていただけの腕が、ふいに身体を抱《だ》きしめる。

とても振《ふ》りほどけそうにない圧力に心臓まで締《し》め付けられたようだった。息苦しさとは別の痛みを感じて胸が詰まる。

今夜のリヒャルトは何だかおかしい。

なんとなく怖《こわ》いような、このままの状況《じょうきょう》が続くのは何かがまずいような、自分でもよくわからない気分がしていた。間が持たず、ミレーユは狼狽《ろうばい》して言葉を探した。

「あ……あの……ね」

「……はい」

「え、えと」

「なんですか？」

息がふりかかると同時に、耳にやわらかい感触《かんしょく》がふれる。ミレーユはたまらず叫《さけ》んだ。

「あああ——っっ!! リヒャルト、なんかいい匂《にお》いするっ！」

びっくりしたように、耳から感触が離れていった。

「……匂い？」

「う、うんっ、甘い匂い」

「今日はお菓子《かし》は持ってきてませんよ」

「そうじゃなくて、なんか、花の匂いみたいな……」

そういえば彼といるときは、いつもこの匂いがしていたような気がする。

リヒャルトは腕を解くと、自分の胸元《むなもと》に手を入れた。薄《うす》い色の液体が入った小瓶《こびん》をとりだして目の前に差し出す。ふわりと甘いような匂いが漂《ただよ》った。

「香水《こうすい》？」

「いや、薬です。……酔《よ》い止めの」

ようやく胸苦しさから解放されてほっとしたのも束《つか》の間、その言葉に目を丸くする。周囲に酒豪《しゅごう》しかいない環境で育ったミレーユには耳慣れない薬だ。

「お酒弱いの？」

「まあ……これを事前に飲んでおけばどうってことはないんですが」

「飲んでなかったら？」

途端《とたん》、彼がどんよりと暗い顔になったので、ミレーユは驚《おどろ》いた。

「ど、どうしたの。何かあったの？」

「…………思い出したくない…………」

リヒャルトはうめくようにつぶやいて顔を覆《おお》った。よほど嫌《いや》な目にあった過去があるらしい。彼がこんなに落ち込んだのを見たのは初めてだ。ミレーユは焦って思わずしがみついた。

「しっかりして、リヒャルト」

「寝起《ねお》きは最悪だし、酒は飲めないし、俺はどうしようもない男なんですよ……」

「そっ、そんなことないわよ！　なんならあたしが特訓してあげるわ。そんなに落ち込まないで、とにかく何があったか話してみて。どんな苦い過去でもあたしは受け止め——」

急に唇《くちびる》に指を当てられ、ミレーユは驚いて彼を見上げる。

「……それ以上訊くなら、強制的に口をふさぎますよ」

瞳《ひとみ》が本気だ。既《すで》にふさがれているようなものだが、その言い回しに危険を感じ、ぎくしゃく

しながらしがみついていた手を離《はな》す。

「わかった……、もう訊《き》かない」

あっさり引き下がったミレーユに、リヒャルトは残念そうな顔をした。

「もう少し訊いてくれてもいいのに」

「い、いいわ、そんなに興味ないから」

そそくさとミレーユは踵《きびす》を返した。屋敷《やしき》に向かおうとしたが、後ろから腕《うで》をつかまれる。

「遠慮《えんりょ》しないで。気になるでしょう？」

「いいったらっ」

「そんなに逃《に》げなくてもいいじゃないですか」

こちらのうろたえぶりを見抜《みぬ》いて明らかにおもしろがっている。それに気づいてミレーユは逆上した。

「あなた、やっぱり変よ、おかしいわ！　もう付き合ってらんない、帰る！」

「ああ、すみません、もうしませんから」

慌《あわ》てたように謝る声が追いかけてきたが、もう遅《おそ》い。

ひとりで動揺《どうよう》していることを悟《さと》られたくなくて、ミレーユは熱くなった頬をおさえながらひたすらざくざくと小道を進んだ。

憤然《ふんぜん》と歩いていく背中を追いながら、リヒャルトは彼女とかわした聖誕祭のまじないのことを思い出していた。

あの時、ミレーユが耳元でささやいた願い事。それは思いもかけないことだった。

『リヒャルトがいつか妹さんと一緒《いっしょ》に暮らせますように』——。

どうしてそんなことを願ったのかはわからないが、彼女は確かにそう言った。

現実的に考えれば叶《かな》わない願いだ。リヒャルト自身、そんなことを望んではいない。

けれど、たったひとつの願い事として選んでくれた。それはこの上なく幸せで、あらためてそこにいる人を愛《いと》しいと思った瞬間《しゅんかん》だった。

あの時、抱きしめたいという衝動《しょうどう》にかられるのをやっとの思いで我慢《がまん》したことは、自分の胸にしまっておこう。

奥手で鈍感《どんかん》なところもかわいいと思えるから、強引《ごういん》な真似《まね》をして傷つけたくない。嫌な現実を忘れさせてくれる、あの笑顔をずっと見せてくれるのなら。

(今はまだ、この距離感《きょりかん》でいるのも悪くない)

彼女の耳元で月光が青くきらめく。それに見惚《みと》れながら、リヒャルトは小さくつぶやいた。

——思わず手を伸《の》ばしそうになる自分への、戒《いまし》めの呪文《じゅもん》のように。


未来の妻との逢瀬《おうせ》を邪魔《じゃま》されて、王太子は不機嫌《ふきげん》だった。

「——ヒースクリフ・シャーウッドと申します。ご拝謁叶《はいえつかな》い光栄です、王太子殿下《でんか》」

慇懃《いんぎん》に礼をとる黒髪《くろかみ》の青年を、ジークはやる気のない顔で見下ろす。

「神官どの。アルテマリスは今夜、恋人同士《こいびと》の祭りなのだ。婚約者《こんやく》と約束をしているのでな。手短にたのむ」

「申し訳ございません。必ず今夜お訪ねしろと申し付かっておりましたので」

ジークはやれやれとため息をついた。

「ウォルター伯《はく》は、私が妹嬢《じょう》以外の女性と婚約したのをまだ根に持っているのか」

「めっそうもない。サラ・ウォルター伯爵《はくしゃく》令嬢はすでにこの世の方ではありません。王太子殿下のご婚約を、ウォルター伯爵もお喜びでございます」

青年は顔をあげ、にこりと微笑《ほほえ》んだ。暗い色の神官服に身を包んだその姿をジークはさりげなく観察する。

そつのない笑顔だ。顔の造作はなかなかのものだが、細縁《ほそぶち》の眼鏡《めがね》はあまり似合っていないな。

――軽く鬱憤《うっぷん》晴らしに内心つぶやいてみる。

「それで、用件は」

「こちらを」

差し出された封書《ふうしょ》を受け取り、中身を出して目を走らせる。しばし黙《だま》ってから、ちらりと使者の青年を見た。

「シャーウッド卿《きょう》。これはウォルター伯爵の意思か？　それとも大公の命令なのか」

「私はただの使者ですので、そこまではわかりかねますが」

「だが、命じたのが誰なのかによって、こちらの対応も変えなければならない」

ジークは表情を見せず、渡《わた》された文書をひらりと前に掲《かか》げる。

「『ミレーユ・ベルンハルト公爵令嬢とシアラン大公家の縁組みを望む』——。これにはそう書いてあるが？」

「……」

使者の青年は沈黙《ちんもく》し、やがて目を見開いた。

王太子の口から飛びだした少女の名前は、彼の神官としての仮面をいとも容易《たやす》く奪《うば》い取った。

あとがき

こんにちは、清家未森です。

おかげさまで身代わり伯爵も三巻目となりました。

今回は、とある登場人物の素姓《すじょう》といいますか、裏事情が明らかになります。

この設定は身代わり伯爵の話を最初に思いついたときからあったものでして、続きを書いてもいいよとお許しがあったので出させてもらうことにしたのです。一、二巻ではミレーユ相手に暴れているだけだったのに、今回はヒロイン的な位置にいるなんて出世したなぁと思いつつ、楽しんで書かせていただきました。

そのミレーユも、ヒロインらしくと言いますか、ここへきて周囲にだいぶ男性陣《じん》が増えてきました。が、当人に色気がないうえ周りの男性キャラも鼻血要員や殴《なぐ》られ要員など締《し》まらない人たちばかりで、なかなかロマンス的なものに展開しません。特に今回鼻血キャラと化してしまった彼には、次巻以降で華麗《かれい》に復活してほしいものです。

そんな中、中盤《ちゅうばん》までの遅《おく》れを取り戻《もど》すがごとくラストでいちゃつきまくった二人の関係に進展が――ないですね、やっぱり。へたれまくりながらもリヒャルトが最後頑張《がんば》ったと思うのですが、へたれゆえにまだまだ押しが足りず……。じれったいですが、軽く舌打ちしながらでもいいので（笑）もう少し見守っていただければと思います。

最後になりましたが、ねぎしきょうこ様。表紙の怪盗《かいとう》氏が予想をはるかに超《こ》える男前で、興奮のあまりニヤニヤが止まりません。今回も麗《うるわ》しいイラストをありがとうございました。

前担当様。デビュー前からお世話になり、言い尽《つ》くせないくらい感謝の気持ちで一杯《いっぱい》です。最後の最後までご迷惑《めいわく》をおかけして申し訳ありませんでした。

新担当様。いきなり最初から泣き言の嵐《あらし》ですみません。これからは〇太郎と一緒《いっしょ》に頑張りますので、どうかよろしくお願いいたします。

そしてこの本を手にとってくださった皆様《みなさま》。皆様のおかげで三巻目をお届けすることができました。本当にありがとうございます。少しでも楽しい時間を過ごしていただけるようにという一心でいつも書いていますが、今回はいかがでしたでしょうか？　ご意見をお聞かせ願えれば幸いです。

それではまた、いつの日かお目にかかれますように。

清家未森

「身代わり伯爵の挑戦」の感想をお寄せください。
おたよりのあて先
〒102-8078　東京都千代田区富士見2-13-3
角川書店ビーンズ文庫編集部気付
「清家未森」先生・「ねぎしきょうこ」先生
また、編集部へのご意見ご希望は、同じ住所で「ビーンズ文庫編集部」
までお寄せください。

身代《みが》わり伯爵《はくしゃく》の挑戦《ちょうせん》

清家未森《せいけみもり》

角川ビーンズ文庫　BB64-3　14953

平成19年12月1日　初版発行
平成20年5月30日　4版発行

発行者——井上伸一郎
発行所——株式会社角川書店
東京都千代田区富士見2-13-3
電話/編集(03)3238-8506
〒102-8078
発売元——株式会社角川グループパブリッシング
東京都千代田区富士見2-13-3
電話/営業(03)3238-8521
〒102-8177
http://www.kadokawa.co.jp
印刷所——暁印刷　製本所——本間製本
装幀者——micro fish

ISBN978-4-04-452403-6 C0193 定価はカバーに明記してあります。